최 영 숙   1960년 서울에서 태어났고 1992년 『민족
과 문학』에 「회복기의 노래」 외 9편을 발표하면서 시단에
나왔다. 첫시집 『골목 하나를 사이로』(1996)에서 시인은 예
민한 촉수로 생명의 움직임을 포착하면서 긍정적인 슬픔의
시세계를 보여주었다. 병마와 싸우며 죽음을 예감하면서도
고통의 일상을 그러안고 마지막까지 시에 대한 열정을 내
보이던 시인은 2003년 10월 29일 확장성 심근증, 루프스 등
의 합병증으로 타계했다.

崔

英

淑

■

왼쪽　딸 시윤과 함께(1999년 겨울)

오른쪽　광주문화예술회관 원형광장에 세워진 스승 故 고정희 시비 제막일에(1997년 10월 18일)

왼쪽  진단결과를 통보받기 직전에 부천 세종병원에서(2001년 6월 8일)
오른쪽  경복궁에서의 한때, 우측부터 최영숙 시인, 딸 시윤, 친구 방형자 등(2002년 4월 5일)

모든
여 자 의
이름은

최 영 숙
유고시집

창비

• 일러두기

작품 배열과 한자 표기는 시인이 정리한 원고를 최대한 존중하고, 명백한
오자만 바로잡았다.

# 차례

제1부

# 비망록

옛집을 바라보며

장대비, 시야를 막는 굵은 빗줄기 속에는
그리운 얼굴이 있고 눈물에 젖어 서 있는 또 하나의
어린 얼굴이 있다
세월이 지나도 그것은 떠내려가지 않는다
폭력과 광기 눈물과 아우성 그날 산산이 깨진 우리집
항아리는 어디에서 사금파리로 빛나고 있을까

밤새 비 그치고 병동의 새벽
안개를 힘겹게 밀치며 동대문 흐린 가옥의 지붕이
아카시아 꽃잎 뜬 자리로 돌아눕는다
의식이 돌아온 것일까 작은 알처럼 옹그리고 누워 끼
룩거리는
시가의 아버님, 손등의 푸른 멍이 바닷물을 풀어놓는다
어느 때고 그 손은 가슴속 날개를 끄집어낼 것이다
한번 날아가면 다시는 돌아오지 않는 물의 저쪽
그것을 나는 안다

그날의 장대비, 빗물을 꾸역꾸역 삼키며 열려 있는 묘혈
목구멍 깊숙이 짐승의 소리를 내며 나는
내 뜨거운 심장을 저주했다 손톱에 막힌 붉은 흙덩이
를 씹으며
잊지 않으리라, 부서진 문짝과 상처 피 흐르던 밤
빗속에 서 있던 구경꾼들과 하수도 구멍으로 캄캄하게
쓸려가던
집안의 슬픈 소사(小史) 여름내 누구도 막을 수 없던 횡
포 앞에서
내 피의 절반도 그것이라는 것까지 용서 않으리라, 하
였다
물밖으로 나가신 어머니, 쉽게 자신을 용납하는 자식
들을 용서하소서

물안개, 창밖으로 마음의 갈고리를 풀어 던지면
선홍빛 아가미 생생한 기억 그렇구나, 여기서 멀지 않
은 그곳에

그 집이 있다 식구들 몸의 일부였던 그 집 아픈 그 터를 떠나
  더이상 그리지 않으려 했으나 세월 가도 그리 멀리 가지 못하였음을,
  병실 너머로 봄 여름 비가 내리고 그치는 사이
  아버님 한쪽 폐가 사라졌다 늑골 사이로 점점이 박힌 종기를 안은 채,
  들춰보면 어머니 흰 가슴도 없었으리 얼마나 아팠으면
  보아라, 생살을 저며 소금을 뿌렸구나…… 세상 부모가 울 때


  돌아보면 그곳에 계신다 아버님 철제 침대의 난간을
  꼬옥 잡고 한사코 벽 쪽으로 돌아누우신다 뇌출혈
  흐르는 피가 먼 강을 건너듯 의식은 어디를 떠도는 것일까
  이제는 가슴속 새를 풀어주어라, 과거가 몸을 먹고
  기억이 푸른 녹 부식하듯 망가졌으므로, 아버님도 나

도 꿈꾸는 병실

　이대로 흐르면 가닿을 그곳이 어디인가,

　가자, 가자, 손을 젓는

　내 영혼의 아픈 가시관 다시는 집으로 돌아가지 못하리.

# 96년 10월 자경마을의 저녁
반달은 뜨고

멀리 어둠이 깔리고
달 뜨는 저녁이면
나는 신발을 끌고 나가
대문 밖 너른 마당을 걸어보고는 하였다
그럴 때면 아무도 없고 아무것도 걸릴 것이 없어
다만 문턱을 넘나드는 바람만이 한편이었다
오늘은 깨끗한 반달이 떠서
하늘 한쪽이 기우뚱 밝고
배암이 많다는 마을 뒷산으로는 찬기가 내려왔다
  뒷산 그 산을 볼 적마다 나는 이상한 서기(瑞氣)가 있
다고,
  이제는 인적이 끊겨 길이 없다는 그 길이 내다보고 싶
었다
  그 길 어디쯤 까마중 입술 꺼면 열매를 따먹고
  전생에 이런 만남이 있었어,
  배암 긴 이야기나 들을까
  이런저런 생각으로 이 마을에 딱 하나

수원상회 술청을 홀리듯 보면
언제나처럼 과자봉지 뜯어놓은 아저씨들이 있고
오는지 가는지 주인은 졸음에 겨워
기웃이 나는 웃음짓기도 하는 것이다
오늘은 깨끗한 반달이 떠서
멀리 파밭이랑 무 배추 비닐하우스를 비추고
마을버스 돌아오는 물 깊은 저수지 앞으로
몇몇 가솔들의 그림자 어른거리어
나의 반생, 반생의 기다림을 돌아보기도 하지만
늦은 저녁 설거지 달그락거리는
어느 집 어느 울타리 낮은 창가를 보면
이곳에 오기를 잘했다고 생각 드는 것이다
自耕마을, 이름도 아름다운 이 작은 마을에
시월의 짧은 해가 지면
모두들 일찍 잠이 드는가
이웃집 은진이 은영이 종종거리는 기색도 없고
안집 대청마루에 희미한 불빛만이 곤해서

나도 같이 물밀듯 피곤해지는 것인데

오늘처럼 깨끗한 반달이 뜨는 밤이면

나는 발소리를 죽이며 대문을 지치고는 하였다

# 꽃동네 소식

그 노인을 본 적이 있네
어릴적에
꽃잎 난분분 봄날이나
바람 찬 겨울 동네 어귀였을 것이네
누더기진 바지에 푹 눌러쓴 벙거지 멀리서만 보아도
왔다아 ― 우리는 쏜살같이 달려가 대문을 닫아걸었네
　어린애를 잡아가버린다는, 어두컴컴한 뒷산 동굴에서
산다는 그 노인을 문틈으로 내다보았네
　커다란 바랑을 걸쳐메고서 한 집 두 집 짚어올 때마다
큰숨을 몰아쉬었네

봄날이나 겨울쯤
스산하게 바람 부는 날이나
　날리는 꽃가루 둥둥 동네가 떠오를 것 같은 공기 속으
로 왔다아― 우리는 혼비백산 흩어졌네
　정말 아이들을 잡아먹을까 뒷산 동굴에 정말 그 노인
이 있을까

긴 바지랑대를 들고 산에 오르기도 했네 혹시 만날지
도 모르니까 만나면 도망부터 쳐야 하겠지만
  그렇게 잊을 만하면 나타나곤 했네 그 노인,

  최귀동 할아버지가 오늘 내게로 왔네
  꽃동네* 소식지에 어릴적 그 모습 그대로
  솜바지에 바랑 벙거지 차림으로
  다가와 오늘은 내게 말을 붙이네
  얻어먹을 수 있는 힘만 있어도 그것은 주님의 은총입
니다**

  시간은 군살이고 땟국물이네
  이제는 무서움도 두려움도 없는
  두 눈동자를 아프게 찌르네
  내게 살을 입히고 뼈를 세운
  바람의 세월 구름 속의 거적을 들추고
  지금까지 살아온 살과 뼈도 네 것이 아니었다

나— 어릴적— 그 노인을— 본 적이 있어—
봄날의 그 동네 어귀로 달려가보네

* 충북 음성에 있는 꽃동네는 1976년 최귀동 할아버지가 자신과 같은
걸인이면서 병든 이들을 위해 밥을 빌어다 먹이는 것을 오웅진 신부
가 도우면서 시작됐다고 한다.
** 꽃동네의 상징어.
*** 꽃동네 비리로 시끄러운 지금, 1996년 발표한 이 시를 시집에 묶
어야 하나 고민했다. 그러나 꽃동네는 어느 개인의 것이 아니라 우
리 모두의 희망이라는 생각으로 같이 묶는다.

## 파꽃

파가 자라네 / 대파가 죽죽 자라네 / 주인이 떠나도 파는 죽죽 자라 / 파란 하늘 허공을 젓네 / 비 온 뒤에 더 / 새파랗게 자라 하얀 파꽃을 인 / 저 파가 누구네 파였나

이른봄 월세방 내놓고 이사간 은영엄마
병아리처럼 재재거리는 두 딸 데리고
부천 공장 어디로 떠났다
아이들 친정에 맡기고 부업이라도 한다더니,
남편은 무역하러 중국에 갔다지만
겨울 나도록 발그림자 없다
소식 대신 날아오는 대출독촉장
막내 은진이는 배 타고 올 거라는
아빠 얼굴이 멀기만 한데,
한때는 노래방으로 돈도 벌었다
아파트 사고 중국집도 차려
부부배달 근동에서 소문났지만
남은 건 단칸방과 두 아이

주일날 아이들 데리고 하루종일 집을 비우면
빈집 여기저기
은영엄마 없는 자리 더듬어 떡잎이 돋고,
작은 마을에 도는 뜬 이야기쯤이야
바람결 믿을 것도 없지만
양 날갯죽지에 아이들 끼고
은영엄마 어떻게 사는지,
부천 거기서도 엉킨 파뿌리 다듬어 키운다고
스티로폼 상자에 꾹꾹 흙 다져넣는지,
두고 간 파단지, 그 옆의 단칸방 생각하며
은진이 말처럼 아기아빠 배 타고 돌아와
네 식구 환하게 웃느라 소식 없는지


파가 자라네 / 봄볕에 대파가 죽죽 자라 / 파란 하늘로
뻗어 파꽃을 이었네 / 대파가 있는 은영이네 빈 외짝문 /
쟁쟁쟁 웃음소리에 / 툭, 파꽃이 터져 씨앗 흩어지네

# 대추나무가 있는 삽화

96년 9월 아침에

열매를 맺기 전에는 무슨 나무인지 몰랐더니
그저 잎사귀가 푸르던,
뒤란 가는 쪽 대문간 옆으로
발치에 채송화 봉선화 붉은 꽃잎
아침이슬 받아주던 그 나무, 햇살이
비스듬히 올라 그늘이 퍼지는 아래에서
기다리었다, 뒤 급한 마음이 먼저 달려가는
쪽문 열릴 때까지 하늘을 올려다보았다
사이사이로 박힌 손가락마디만한 대추알
그저 잎사귀가 잘고 푸르던 시간이
얼마나 흘렀기에, 일직동 42-8번지 문병규씨 댁
대추는 여물고 푸른 껍질에 싸인 대추알
속내를 모르듯 가을이 온다, 올 테면 오라지
자경마을 외곽도로로 차들이 밀리고
해 뜨는 쪽이라면 사람 사는 일이란 어디나 같아
멀리서 바라보면 여기도 피안이고
흘러가는 저기도 한 그리움이다 그저

잎사귀가 잘고 푸르던 때 가없던 시절

입 안에 터지는 푸른 대추알

알알이 하늘이 깊다, 올가을 서리 내리겠다

늘어진 덩굴 호박잎 늙은 사이로

쪽문이 마악 열리고 이웃집 은영엄마 화안한 얼굴로

대추알 받아쥐며 갈지자걸음,

뒤란에 갈 적마다 대추알 여물어간다

# 필용이

"나, 필용이여 필용이 — 거기 외삼촌 집 아닌겨,
외삼촌 있는가아 — 나 필용이라고오 —"
누가 이 사람을 기억하는가
골진 얼굴에는 바람의 자국이 깊고
눈비가 올을 풀어 몸을 가리운
그는 어디 먼 먼 얼음나라에서 왔는가

밥때도 지난 다 늦은 겨울 저녁
세상의 뒷담을 홀로 돌아가는 그림자 있으니
부스럭거리는 비닐봉지에 사과인지 귤쪽인지
진흙이 허옇게 얼어붙은 검정고무신에 비어져나온 양
말이라,
공중전화 침침한 불빛 아래
032에 이름 석 자 꼬깃한 쪽지를 들고
번호를 눌러달라는 그를, 누가 지금 기억이나 하시는지
60년도 저 가랑머리 따내리던 시절을 건너
70년 황급히 가버린 도로를 따라 80년 90년 깃발도

내린

　지금 여기에서, 아무도 기억하지 않는 필용이, 이필용
이라고……

　애타게 전화기를 부여잡는, 그 냄새 그에게서 나는 몸
냄새


　기억난다, 공동수도가 있는 옥수동 언덕
　양동이를 줄 세워놓고 동동거리던 그 겨울
　어린 눈동자에 어리던 그를,
　별사탕을 녹여먹던 뽑기장사 휘장 너머
　늘 술에 젖어 오르는
　어른들이 이씨, 미장이 이씨라 부르던 그를,
　나는 알아볼 것만 같다
　키 크고 힘이 좋아 씨름판 장사였고
　일제 때는 의용군 피해 땅굴에서 났다는
　옥수동 토박이 미장이 일만은 최고라던
　그를 나는 알 것만 같다

그해 연탄가스를 마셨다 했나

취해 엉덩이가 타들어가는 것도 모른 채

숨 거둔 것을 동네 사람들이 거두었다 했나

집도 절도 없이, 거둬 먹일 처자식도 버린 채

그렇게 갔다고 했나 까마득한 시절 그 언덕 너머

그가 간다, 어둠을 여벌로 껴입은

구부정한 어깨 저만치에서 뒤돌아본다

겁먹은 듯 먼 데를 보는 듯 유난히 크고 검은 눈동자

꼬깃꼬깃 이름 석 자 빈손에 쥐고서,

그 길로 가면 오늘밤 그의 숙식은 달빛과 바람이 되겠

구나

# 열대야

　한 고무다라이에서 같이 살던 붕어가 제일 먼저 죽고 다음에 황금빛 비늘이 굵은 잉어가 흰 배를 드러냈다 혼자 남은 메기는 그후로 며칠 더 살았다 입이 크고 몸빛이 검은 메기는 던져준 실지렁이를 건드리지도 않았다 흙탕물이 깊게 가라앉은 저수지에서 잡아온 세 마리의 물고기는 그렇게 차례로 떠올랐다 다라이 주위로 둥그렇게 주검의 빛이 어렸다 잉어는 속이 비칠 듯 투명해졌으며 메기는 검은 몸을 벗고 청동빛으로 환하게 드러나기 시작했다 눈알만은 모두 허옇게 부풀어 튀어나왔다 나는 비로소 그들이 본래의 몸으로 돌아가는 중이라고 생각했다 부풀어오른 두 눈은 가장 먼저 썩어 구멍을 남기리라 살아숨쉬던 그중 하루 무더운 날 물밖으로 뛰쳐나와 시멘트 바닥에 착 달라붙은 메기를 보았다 그때 손끝을 따라 지르르 번지던 비늘 없는 몸뚱이의 미끄덩함을 잊을 수 없다, 빈 다라이 속의 검은 하늘 끈끈한 방바닥에 대고 나는 뜨겁게 달아오르는 몸을 자꾸 뒤척이었다.

# 바구니 속의 계란


나는 아름다운 장기수
탈출을 꿈꾸지
결혼해 일년 반, 임신 육개월의 배를 끌어안고서
주위를 둘러싼 소리 없는 장막
저 찬란한 가을햇살을 찢고 달아나는 탈출을 꿈꾸지

꿈꾸는 성
꿈꾸는 태아
문지방에 기대앉아 대문 밖을 보노라면
나가자고, 자꾸만 머얼리 저어가자고
뱃속의 태아가 툭툭 발을 차네
소싯적 내 젊은 어머니, 가을 마당 햇빛 속에 물끄러미
서 계시네

나는 치밀한 탈옥수
냉정을 가장하네
뒷덜미를 끄는 햇살, 파도를 밀고 나가면 어디가 될까

갈대방석 위에 양팔 벌리고 누워 두웅 —둥
나 누더기 되어 난바다로 떠내려가네
파란 하늘 파아란 구름 힘껏 들이마시며
뱃속의 아이에게 들릴 만큼 놀랄 만큼
소리질러야지
"계란 사시오, 계란 사시오오 —"

깨지는 건 순간이야
앞뒤 구멍 내서 날계란 후루룩 마실 때의
비릿한 뒷맛
손에서 미끄러지면 끝장인 껍질
삶의 껍질을 끝까지 벗겨본 적 있던가
바구니 속의 계란 삼십개
고이 들고 온 이것이 인생의 황금기였나
미끈, 바닥으로 떨어뜨리면
한꺼번에 계란프라이 해먹어도 좋을
잘 달구어진 가을햇살, 햇살

# 비망록 2
마을버스를 기다리며

누가 남겨놓았을까
정거장 옆 낡은 공중전화에는
통화는 할 수 있으나 반환되지 않는 돈
60원이 있다
어디로 가야 하나, 나는
어디로도 반환되지 않을 것이다
이 봄

긴 병 끝에 겨울은 가고
들판을 밀고 가는 황사바람을 따라
부음은 왔다 어느 하루
민들레 노란 꽃이
상장(喪章)처럼 피던 날 너는
어지러이 마지막 숨을 돌리고
나는 남아 이렇게 안 오는 버스를 기다리며
떠도는 홀씨 환한 손바닥으로
받아보려는 것이다

저 우연한 단돈 60원이
생의 비밀이라면
이미 써버린 지난 세월 속에서
무엇과 소통하고 무엇이 남아
앞으로 남은 시간을 견디게 할 것인가
산다는 것이 통화는 할 수 있으나
반환되지 않는다는 것을,
반환되지 않는 것조차 남기고 간다는 것을

너는 알았을 것이다
나만 몰랐을 것이다 호주머니 속의 두 손처럼
세월이 가고 다시 이 자리에 섰을 때
무엇이 달라져 있을 것인가
나 또한 바람 속에 흩어져 있을 것이고
흩어진 자리에 민들레꽃 한두 송이
너를 기억할 것이다 안녕, 사랑아

# 구보씨의 一日

### 다시「파리考」에 대하여

하루

오늘도 나는 스멀거리는

파리로 하여 늦은 아침잠에서 깬다

그러니까 문제는 파리 한 마리가 아니었고 그대도 나

도 아니고,

시골파리와 서울파리가 어떻게 다른가 하는 물음으로

시작하는

이 아침에, 파리를 이해하는 방식이 그대와 나를 이해

하는 방법이라 생각하면서

집요함과 끈적거림으로 마침내 몸을 일으키게 하는

파리에 대하여 다시 파리考를, 어쩔 수 없이 파리채를

들지만

(어쩔 수 없다, 라고 하지 말자 그 말에는 비겁한 자기

비호가 있음을)

또 하루

그러나 누가 파리목숨이라고 했나

파리목숨이 가볍다고 생각하는 자

파리채를 들어보면 안다

파리 한 마리 잡는 데

얼마만한 집중력이 요구되는지

파리채의 속도가 얼마나 폭발적인지를,

한번 두번 파리를 놓쳐보라

자신도 모르는 미움이

서서히 냄비처럼 끓어올라

파리채를 내리칠 때 그것을

단지 파리만의 것이라고 말할 수 없으리,

파리와의 전쟁이 내 안의 전쟁이 되어

벽이며 허공을 휘두를 때

파리 꽁무니를 좇아 이리저리 두리번거릴 때

오— 시인 김수영 식으로

나는 얼마만큼 작은 것이냐

파리야 하늘아 나는 얼마큼 작아
너에게 나를 걸어 이렇게 사소해지는 것이냐

또 하루가……

나는 구보씨가 아니다 아침 선잠에 빠져 있을 때
무의식의 허공에서 일상의 바닥으로 서서히 나를 끌어
내리는 것은
파리다 한두 마리도 아닌 시골파리의 끈질김이란, 그
럴 때마다
뒤척이는 내 몸은 비대한 산 난지도의 뭉툭한 매립지
가 떠올라
그래도 썩은 몸 위로 초록의 풀들이 돋고 꽃은 피더
라만,
무력감으로 하루는 시작되고 나는 구보씨가 아니지만
소설 속의 구보씨를 이해할 수 있다 어차피 인생은 비
슷한 것

아침마다 주부프로에 나오는 똑같은 얼굴을 대하며

인생이 달라질 것이라고 생각하는 건 오산이다 생에 대한

부질없음이 일일드라마의 대사를 따라가지 못하고,

나의 하루가 파리로 시끄럽다면 세상은 자고 깨면

아이 엠 에프다 결코 유쾌하지 않은 점수다 그러나

늦은 아침 겸 점심 메뉴로 틀어놓은 저 티브이 화면 속의

아이들은 누구의 책임인가 버려지는 아이와 쫓겨나는 어른이

한데 운다 입 안의 밥알이 죄로다, 한다 그런데 오늘 아침

집 안은 왜 이리 조용한 걸까 마당가 권태로운 개밥그릇 속으로

다닥다닥한 파리들의 윤무만이,


거기 누구 없소? 들여다본다.

# 살구를 주우며

살구는 자기가 살구인 줄 모를 거야
그렇지 않다면 저렇게 지천으로 땅에 떨어질까,
살구를 줍는다
장마 끝 후두두 떨어진 내 마음의 살점
둥근 황금고리를 친 살구알이 여기저기 널렸다
상한 것보다 흠집이 더 많은
이건 비바람의 상처, 천둥과 번개가 아문 자국이렷다
불주사 그 더운 열기가 속으로 익었다?
조카 두 놈이 작대기를 들어 가지 사이를 휘젓는다
아파라, 때때로 내 마음 아닌 마음 매 맞는 것 같아
검은 구름 몰려가 터진 사이로 날아가는 새떼들같이
맑은 하늘 촘촘히 매달린 살구알 올려다보며
아이야 그만 내치라,
장마물에 신맛 단맛 다 빠진 살구는 그러나 싱겁고
늘 남들보다 한수 늦게 웃고 우는 내게
아차, 이 녀석
가지를 쳐도 덜 익은 건 안 떨어진다, 한다

익은 건 떨어져도 안 익은 건 가지를 꼬옥 잡고 있는
다, 한다
투둑, 투두둑, 살구가 구르다 멈춘 자리
결국 내가 잡아온 생이란 가지는 어떤 것이었을까
마음의 진신사리(眞身舍利)를 여기서 본다
불에 덴 자리 시커먼 속에서 더 향내 나는지
어떤 건 개미떼 까맣게 줄을 섰는데,
살구는 아마 자기가 살구인 줄도 모를 거라
모르면서 그렇게 한여름 익어가고 있는 걸 거라

# 봄날, 염소를 보다

흑염소 한 마리 약으로 먹은 내가
울안의 흑염소를 바라다본다
흑염소도 나를 바라다본다
말없이 서로를 바라보는
염소와 나 사이에는
빗장 질린 울타리가 있고
울타리를 가득 메우는 햇살이 눈부시다

울안에는 염소가
울밖에는 내가 있다지만
염소가 보기에 나도
울안에 갇힌 한 마리 짐승
몸속에서 울고 있는 한 마리 짐승의 울음을
저는 듣고 있는 것이다
미워할 수도 없이 서로를 바라보는 것이다

가슴으로 향한 두 뿔을 가지고서

세상 모서리나 부서져라 들이받으며
말라빠진 나무껍질이나 우물우물 씹는,
염소는 왜
비탈진 언덕을 집으로 삼는

울 안에서, 밖에서
생애 처음으로 빗장 풀리는 날
갈빗대 뻐근히 산화한 공기도 날아가버리겠지만
빛과 함께 너울거리는 이 봄도 다아 가겠지만

염소야, 너 거기 그대로 있어라

제2부

# 동거

　한밤에 일어나 보일러에 피 도는 소리 뼈와 살이 녹는다 아이와 잠든 지아비 사이를 빠져나와 듣는 새벽 다섯 시 이것은 空도 色도 아니다 세상의 밥을 먹는 아이는 점점 자라 인간의 자식이 되어가고 캄캄한 우주의 자궁 속 제가 온 곳을 잊는다 色도 空도 아닌 혼돈 그것이 질서였을 한별에서 떨어져나온 알 수 없는 슬픔이 그의 일생을 이끌 것이다 우리가 약속하기를 어느 별에서 만나 한이부자리에 식구가 되어 나란히 뼈와 살을 누인다는 것이 몇겁을 벗고 다시 돈다 해도 이 땅만큼 선명하지 않으리 세상의 늙은 아비와 아이의 맑은 몸이 얽혀 만드는 저 별자리를 하늘에 부쳐 이름하면 무언가 내가 모르는 어느 먼 곳을 다녀와 아침에 깰 때면 나를 알아보기나 하려는가.

# 바람 든 무

몸을 빠져나간 바람은 어디로 갔을까 얇은 살 흰 뼈에 공명하는 소리 우우 바람이 든다

귓바퀴가 돈다 뼈에 바람이 지나가 속이 텅 빈 무의 생은 얼마나 가벼울 것인가 바람이 지날 적마다 바람을 껴안아 바람이 없으니 이제 무는 아무것도 아닌 무가 되었다 생을 완성하였다 도마 위에 무 한토막 형광등 불빛 아래 고요하구나

용미리 어머니 무덤 이제는 육탈해 거기 아니 계시겠지

# 밥 먹고 가는 길

점심시간이면

때로 동료들과 함께

점심에는 식사 저녁에는 호프를 파는

지하 마이애미에 가서 해물철판볶음밥에 커피를 마시고

한시 십분 전 지상으로 올라와

세탁소 지나 부동산 미장원 지나

언덕 위의 하얀 집, 주택을 개조해 사무실로 쓰는

열린 대문이, 저기가 바로 떡 하나 주면 안 잡아먹는

호랑이 입이로구나 한 고개 넘을 때마다

떡 하나 주면 안 잡아먹지, 떠억 버티고 서 있는

호랑이 입을 막느라 내 청춘 젊음은 그 옛날처럼

밥 먹고 돌아가는 정오의 뒷골목은 적막해

노랗게 흩어지는 햇살 빛의 가시들 촘촘히 발바닥을 찌르는

저 언덕만 넘으면 사십대야, 서른아홉에 쓰는 서시

한줄 남길 수 있다면, 어차피 인생은 산문이고

내가 나를 변명할 수 없을 테지만
때때로 점심시간이면 혼자가 되어
무얼 먹을까 공복의 긴 길을 따라 내려가
오늘은 가정식 백반에 물 한잔 마시고
하늘 한번 쳐다보네

흰 구름 물고기떼 되어 흘러가는
지금 장마전선은 북상중, 내일은 비

# 맨드라미가 보이는 화단

시집 한권 사들고 오는 길에,

납작하게 깔려 죽은
검은 가죽 한장 가을햇살을 깊숙이 빨아들이고 있다
운명이란 사나운 것
찍소리 한번 못내고
부패하는 영혼
영혼의 부패, 내 몸에서 냄새가 난다?

골목이 가파른 언덕
맨드라미가 보이는 교회 화단가에 앉아
후루룩 책장을 넘긴다
판권의 맨 끝줄
'잘못된 책은 바꾸어주기도 한다'

정말 그럴까,
무엇이 어디서부터 잘못된 것일까

살면서 되돌릴 수 없는 많은 순간들을 바꾸어준들
나 아닌 또다른 무엇이 될 수는 없었을 것이다
운명의 힘은 사납다

맨드라미가 붉다
육질이 두꺼운 불의 혓바닥
(태초에 말씀이 있었으니)
무럭무럭 자라는,
소태처럼 쓴,
나는 내가 무섭고 환한 것이 캄캄하다

# 옛날 손만두집


삼각으로 기울어진 좁은 분식집
나는 김밥을 먹고 그녀는 만두를 빚었다

대나무밭이 늘어진 벽을 비스듬히 바라보며
하나씩 김밥을 먹는 동안 그녀의 손에서는 하나씩 만
두가 빚어졌다

나는 김밥을 먹고, 그녀는 만두를 빚고
내가 뜨거운 오뎅국물을 불어가며 김밥을 먹는 동안
그녀는 등뒤에서 말없이 만두를 빚었다
색 바랜 그림처럼 그녀와 내가 앉아서

잘 반죽된 기억을 한덩어리 떼어내 주무르는 그녀
김밥을 하나 먹는 나
도막낸 밀가루덩어리를 하나씩 밀대로 밀기 시작하는
그녀
김밥을 하나 먹는 나
둥글고 얇아진 만두피를 손바닥에 올려놓고 꾹꾹 소를

눌러넣는 그녀
　김밥을 하나 먹으며,

　어쩐지 말이 없는 그녀는 내가 김밥을 다 먹도록 하나
하나 만두를 빚어나가는 것이, 저 먼 누이나 오라비쯤 되
어 안 보는 듯 나를 본다는 것을 알고 있기에, 나 또한 암
말 않고 부어주는 오뎅국물을 마시며 나의 오랜 出이 여
기서 끝나주었으면 하였고

　다 된 만두 소쿠리를 들고 나가 솥뚜껑을 열자 확, 끼
치는 하얀 김 속에 서서히 떠오르는 그녀와 솥단지 안에
얌전히 들어앉은 만두꽃이 꿈인 듯 만개한지라, 이마가
뜨거운 만두를 집어내고 다시 새 만두를 올려놓으니, 내
가 그녀의 손안에서 빚어졌을 때 다만 만두로서 순해져
서는

　가리라, 저 화엄의 거리로 지금 난 잘 익어가는 중이니

# 푸른 감이 떨어지는 밤

낮에 본 푸른 감
하나가 내내 마음에 남는다
장마가 지나가는 습습한 밤
가지에서 떨어진 푸른 감은 지금쯤
무심한 발길에 으깨어졌을지도 모른다 세상은
내가 모르는 것투성이다
꼭지가 푸른 감,
푸른 감 속의 푸른 심줄, 푸른 정맥,
뼈와 가죽만 남은 어머니의 팔목
대나무같이 굵은 바늘이 뱃속을 뚫고 들어갔을 때
어머니는 울지도 못하셨다 고백하건대
그때 멀리 달아나고 싶었다
이해할 수 없었다
시간이 가도
푸른 감은 익지 않는다
낮달 같은
씨방 속 흰 숟가락 한벌

끝내 들지 못한 채
감꽃잎처럼 떨어져 가신 여름내,
풋내를 풍기며 마구 으깨지던 푸른 감

# 잠든 아이의 배꼽을 보면

이제 막 말을 배우기 시작하는 세살 난 딸아이는 이렇게 말하지
"누구 강아지?" "엄마 강아지"
"누구 딸?" "엄마 딸"
"누구 닮았지?" "엄마 닮았지"

이불을 연방 차버리며 잠든 아이의 드러난 배꼽, 이것이 아니었다면 저 아이를 내 뱃속으로 낳았다는 걸 무엇으로 증명할까

(아이는 엄마가 좋아, 엄마가 좋은 아이는 까마득하게 잠들어, 엄마가 날아갈 줄은 꿈에도 모르고, 눈떠 보면 배를 가린 나뭇잎 한장, 어느 들판에 누워 엄마를 찾던 슬픈 잠 속에……)

그러나 아이야, 이 엄마를 닮지 마라, 엄마는 바람의 자식 허공에 들린 발을 내려놓지 못하지 바람이 가슴까

지 닿는 날이면 언덕 위에 두고 온 신발 한짝, 여기는 허방인 거야

　미안하다 아가야, 딸에게 세상 모든 엄마는 극복의 대상이지, 내 엄마의 엄마와 함께 살던 옛집, 고개를 빠뜨리고 아이의 배 우물을 들여다보면,

　아이구 어머니, 왜 거기 계세요?
　왜긴, 여기가 원래 내 자린걸. 너도 이 속에서 나왔다. 언젠간 너도 이곳으로 오게 될 거야. 네 외할머니도 여기 계시단다. 봐라⋯⋯

　보아라⋯⋯ 잠든 내 어머니, 품에 안겨 잠든 한없이 어리신 말년의 어머니, 그 곁에 누워 나도 잠들고 싶구나

# 入院記

### 1

초가을 어느날 심심한 병이 찾아왔다
응급실에서 중환자실로, 다시 일반병동으로

6인용 병실
침상에서 아침상을 받는다
이 떡을 받으라, 이것은 나의 살이니……
몸을 거역하며 산 죄, 이제 받는가

심심하기로 할말도 없는 내게 와서
피도 빼가고
소변도 받아가고 가끔
휠체어를 타고 나가 가슴 사진을 찍기도 하고
시간 맞춰 약을 받아먹기도 하는 것이다

### 2

밤새 병실은 파도에 밀려다니는 섬이라서

아침이 되면
허상처럼 푸석푸석한 얼굴들
저벅저벅 사열하듯 한떼의 의사와 간호사 오고 가면
참 쓸쓸한 밥상이,

아침상을 받아놓고 앉아서
금식이란 패를 뻔히 건너다보며
밥을 먹어야 한다는 거, 모른 척 외면하며
내 한몸 떠먹여줘야 하는 일의 고단함이여
열망으로 들떠 흐르던 시간 문득 발아래 멈추고
침대에서 받는 밥과 국

3

아까부터 링거병을 끌며 병실 복도를 왔다, 갔다, 하는
푸른 환자복의 사내 헐렁헐렁한 생의 그림자 끌고 가더
니, 하! 그림자가 사라졌다 십팔층 조용하게 빈 복도 끝
환하게 열린 창으로, 아무도 없다.

# 짜장면에 관한 짧은 이야기

늘 그렇듯 신문지를 깔고 짜장면을 먹는다
고약 같은 짜장은 왜 하필 그곳으로 튀는가
짜장면과 단무지 사이 사회면 박스 기사
'존경하는 인물 1순위, 박정희……'를 보며
엉뚱하게도 국민학교 졸업식날 처음 먹어본
짜장면과 군만두를 떠올렸다
짜장면이 최고의 음식이었던 그때 이후로
직장생활을 하면서 점심과 야식으로 먹어온
짜장면의 길이는 얼마나 될까
그동안 우리나라 대통령은 다섯 번 바뀌었고
지금도 나는 신문지를 깔고 짜장면을 먹으며
짜장면보다 피자를 더 좋아하는 아이가 있다
짜장면을 우아하게 자장면이라 하지만
짜장면은 짜장면이고 대한민국 어디라도 철가방은 달
린다
퉁퉁 불어터진 짜장면을 먹으며 아무래도 자신 없는 건
그때 그 기사를 제대로 기억하는지에 대해서지만

오늘도 나는 짜장면을 먹었고 신문지로 덮어 내다놓은

짜장면은 밤새 복도에서 이러쿵저러쿵 까맣게 말라붙

을 것이다

# 내 안의 나무

여기 검은 필름 한장이 있다
형광 불빛을 받자 환하게 드러나는
내 안의 나뭇가지들

척추와 늑골
열매처럼 매달린 폐와 심장이
한 그루 나무를 닮았다

한 그루 나무이고 싶던 때를 기억하는
나는 한 그루 나무, 놀라워라
나도 모르는 속을 들여다보다니!

— 심장이 부풀어올랐군요,
무슨 가슴 벅찬 일이라도 있었는가
손을 대기에는 차마 뜨거운
내 안의 붉은 열매
그 열매 쪼아먹고 살던 새 어디로 날아갔나

내 안의 가지들을 들여다본다
새는 날아가고 텅 빈 어둠만 남은
공허한 갈빗대
활처럼 휘어져 어디라 방향할 수 없는 시간이 흐르고
빈 둥우리를 치는 새 울음소리

환하고 따스한 겨울 한때에
두 팔 벌리고 크게 숨 멈추면
등을 뚫고 지나가는 한줄기 빛,
한 그루 나무이고 싶던 때를 기억하는

내 안의 나뭇가지들

# 오래된 저녁

완성하지 못한
오래된 시를 읽다

제목은 歸路,
발길을 묶는
딱정벌레와 다리 많은 벌레가
한데 뒤집혀 버둥거리는 저녁

그로부터 일년 반
오늘도 그날처럼 날이 흐리고
나는 오래도록 집으로 돌아가지 못하는 사람
허공에 들린 발을 내려놓지 못하네.

부처님 손바닥 같은 머윗잎 넓은 잎 아래
이제는 딱정벌레도
다리가 많아 근심도 많은 벌레도
모두 돌아가 문을 닫았으리.

완성하지 못한 시를 읽는

이 오래된 저녁

# 봄을 울다
백련사 우물가

쉬잇, 조용히 해, 우물 옆 명부전에 한 여인이 등을 보이고 앉았다 사람소리에 뒤돌아보는 여인의 눈알이 흠뻑 울고 난 토끼처럼 빨갛다 젊어 아직은 등이 곧은 여인의 가부좌 튼 무릎은 어느 눈물의 아픈 뼈마디인가 두레박을 풀어 바닥에 차오르는 맑은 물 한 바가지를 퍼올리면 젖는 건 마음만이 아니다 검은 우물물에 대고 아, 소리 내어본다

바람이 풀렸다 고이는 자리마다 환하게 쓸리는 고요 빈 절마당을 향하여 누구도 말이 없고 아무도 가진 적이 없다 우리 중 누가 우물물에 대고 이름을 부르게 될까 우물 옆 명부전에 이름 석 자 올리는 다음 생 다음다음 생 누대에 걸친 눈먼 눈물을, 저기 터지는 봄빛 속으로 어디만큼 가야 그칠 수 있을까.

제3부

# 옷 벗는 여인

오래전 일이다

그날
온몸으로 악쓰는 소리 지나간 후

한 여인이 옷을 벗기 시작했다
한 겹
두 겹
발목까지 오는 긴 치마가
길바닥으로 흘러내렸을 때
까만 브래지어와 팬티 한 장

먹잇감을 포획한 거미처럼
서서히 죄어드는 시선 속에서 여인은
스타킹을 벗어내렸다 숨죽인
저 알몸의 저항
내 일찍이 부끄러워했던

벼랑 끝 말없는 절규, 그렇구나

저게 내 몸인걸, 어느날 목욕탕 뿌연 거울 앞에서
깊고 검은 음부와
물기 없는 유방과
아이를 낳은 칼자국이 선명한 주름진 뱃살의 중년여인이
남자도 여자도 아닌 아줌마가 저렇게 서 있었던 것이다

그러니 거리에 알몸으로 선 내게 돌을 던져라
기꺼이 그 돌을 맞으리니
모든 여자의 이름은 쓸쓸하고 가없이 슬픈 몸이라서
천지간에 바람 어지러울 때면
마구 소리치고 싶다 옷 벗고 싶다 하니 그것이 욕되다면

돌로 쳐라, 네 상처 위에 내 간을 포개놓으마

# 응급실의 밤

입구는 있으나 출구는 없다 여기는 영혼이 몸을 가두는 곳, 낮과 밤도 없다 까마귀떼처럼 24시간 두 눈을 쪼아대는 형광 불빛 아래 몸은 잠들지 못한다 무덤 속이 이렇게 환하다면 사실은 아마 마음놓고 썩지도 못할 것이다

아가미 없는, 뭍으로 끌려나온 물고기처럼 점점 숨쉬기가 힘들다 연이어 터지는 기침, 내장까지 모두 끌어내려는 듯한 기침 뒤에 오는 정적, 귓속으로 모깃소리만한 싸이렌이 울리기 시작한다, 불이 났는가 점점 흐려지는 시야, 허나 여기에 입구는 있으나 출구는 없었다

1 "엄마, 여기 불났어. 연기가 가득 찼어."
　"엄마가 갈게. 조금만 기다려."
　"엄마가 와도 연기가 가득 차 올 수 없어……"

2 "오빠, 연기 때문에 숨을 못 쉬겠어. 사랑해."

3 "어머니 저 먼저 가요…… 아이들을 부탁해요."

4 "지하철에 불이 났어요. 아버지 구해주세요. 문이 안
   열려요."

5 "사고가 난 것 같아요. 불이 난 것 같은데 아빠 어떻
   게 해요."
   "효정아, 침착하게 행동해. 일단 밝은 쪽으로 대피해"

6 "엄마, 지하철 안인데 사고가 났다. 검은 연기가 지
   금 계속 밀려들어와…… 숨을 못 쉬겠어.
   "엄마, 나 지금 죽을 것 같아……"


신이 없다면 ,
이렇게 많은 사람들이 고통받을 리 없다

* 1~6은 대구지하철 화재 당시 통화내용에서. 고인들의 명복을 빈다.

# 일기를 태우다

불꽃이 글자를 먹는다
허기진 배를 채우듯 한없이 먹어치우는
20년 넘게 끌고 다닌 일기와 편지
그러고도 허전한 듯 폭삭 재만 남은
불꽃의 식욕 앞에서 나는 눈이 맵다
바람이 불고 재티가 날린다

한줌 재밖에 되지 않는 저것이었다
방황과 그리움, 동어반복에 지나지 않는 그때 그 글을
제 살 파먹듯 써내려가던 시절
빨갛게 새운 밤에 비해 타는 건 순간이어서
홀가분한가,
재가 된 젊음아, 지나간 눈물아

아직도 집 안 구석구석 돌아다니는
파지와 일기를 20년이나 10년, 그 언제
다시 태울 날이 오려는지

그날도 바람이 불고 눈이 매울 것인가
마지막 연기가 흩어져 하늘로 오른다
영혼도 저와 같을 것이다


손을 대보니 재에 따스한 기운이 남아 있다
앞산은 겨울인 듯 보이지만 봄이 온 것을 나무들은
안다

# 치명적인 너무나 치명적인

여자의 자궁이 연상되는,

— 루프스는 자가면역질환으로 전신성 홍반성 낭창이라고도 한다 루프스와 같은 자가면역질환은 바이러스, 세균 등의 항원에 대하여 항체를 만드는 면역체계가 무너진 것을 말한다 외부의 침입자인 항원과 자기자신을 구별하는 능력을 잃어버리고 자기자신에 대한 항체를 만드는 것이다 자기항체라 불리는 이것은 자기자신의 항원과 작용하여 면역복합체를 형성하는데 이 면역복합체는 조직에 축적되어 염증, 조직손상, 통증을 유발한다 피부, 관절, 혈액과 신장 등 각 기관과 조직에 만성적인 염증을 일으키며 때론 치명적이 될 수도 있다 이 병의 원인은 확실하게 밝혀진 바 없다 대다수가 여자이며 그 이유와 증상의 주기적인 변화에 대해서는 아직 명확한 설명이 불가능하다

설명이 안되는 이 병을 이해하고 받아들이는 데 7년이

걸렸다 언제 당겨질지 모르는, 관자놀이를 향해 장전된
총구 치명적인 너무나 치명적인, 그 한 발

*루프스를 앓고 있는 모든 여성과 함께하며, 부디 용기를 내고 건강
하기를.

# 아욱꽃

삼남매 키우신 우리 외할머니 북두갈고리손 같은
거칠고 넓은 잎사귀 사이에
아주 작고 엷은 연보랏빛 꽃, 아욱꽃
아욱에도 꽃이 있었네
꽃 없는 열매가 어디 있다구, 아욱을 다듬으면서

등 긁어주면 말 안 듣는다 썩썩 등을 문지르던,
된장 풀어 아욱국 끓인 저녁밥상에 둘러앉은 할머니와
엄마와 어린 자식들은 세상 속에
아슬아슬하게 얇은 아욱꽃잎 몇장이었으리

자그마하게 어깨가 좁고 조신조신하던 엄마와
구십 넘어도 허리 꼬장꼬장하고 칼칼한 목소리 종이호
랑이
할머니가, 후레자식 소리 듣지 않아야 하느니
그렇게 등이 빠져라 키운 아욱잎 손바닥만하게 컸지만
외손봉사 마다시며 풀풀 한줌 재로 날아간 할머니

아욱을 다듬어 아욱국을 끓여 먹는 저녁
딸아이와 아이아빠, 세 식구가 둘러앉아
텔레비전을 보며 밥을 먹는다
아욱국에 밥 말아 아이 입에 떠넣어주면서
아욱, 아욱, 아욱은 무슨 새소리만 같아서, 창가를 보니
누릿누릿 지는 하늘에 아욱꽃, 다듬어버린 아욱꽃 생각

# 말벌의 시간

말벌은 이제 움직임이 없다 비로소
숨을 풀어놓은 그는 너무나 가벼워서
후, 불면 다시 날아갈 듯 몸이 들린다

집으로 돌아갈 시간
아이들 소리 둥글게 말려올라가는
일몰 무렵
방 안에는 이상한 침묵이 그와 내가 있다

초록잎들의 수상한 흔들림
덩굴장미는 가슴이 데인 듯 무겁고
어쩌다 잘못 든 길도 길이어서
여기까지가 길의 전부가 된 말벌

그을음처럼 내리는 어둠속에서
그와 나는 오랫동안 움직임이 없다
나뭇잎에 빗방울 닿는 소리
내 오래된 집도 사라지고 없다

# 마지막 식사

밥 한 그릇에 콩나물국, 김치, 계란프라이가 전부인 늦
은 아침식사를 마치고
훌훌 커피를 불어가며 달게 마신 후 몇번이나 '애기엄
마, 복 받으시우'
그후로 길가 어디에서도 할머니는 보이지 않았다

계단을 오르내릴 때마다 층층이 목까지 차오른 재활용
품들
그중 값을 쳐준다는 신문과 맥주병이,
깡통과 플라스틱이 어지럽게 쌓인 것을 보며
팔십이 넘은 나이 세월의 무게에 허리 굽은 할머니가
궁금했다

어디가 아프신가 그새 돌아가신 건 아닌가 하면서도
내심 쓰레기 치울 일이 걱정이라고,
누가 보지도 않는데 화드득 놀라는 것이다

꽃 같은 시절, 달랑 신랑 사진 한장 들고 찾아간 시집
살이부터
씨앗 보고 집 나와 서울 공장으로 다시 시골로,
아들 낳아 지금은 며느리와 함께 산다는 전설 같은 이
야기

시장이나 동네 땅바닥에 주저앉아 구불구불 파지를 주
워담던
할머니의 작은 리어카는 늘 힘겨워 보였지만, 나를 품
어 키운 건 까칠한 할머니 둥지
'애기엄마, 복 받으시우' 밥 한끼 처음이자 마지막이
돼버린 식사

*그후로 넉 달여 뒤 놀이터 정자 아래 노인분들과 한가하게 앉아 있
는 할머니를 보았다. '○○빌라 가동 304호여.' 궁둥이를 털며 일어나
는 친구에게 놀러 오라는 뜻이다. 고만고만한 빌라들이 게딱지처럼
들어앉은 이곳, 부천시 원종동. 일순 반갑기도 하고 등짐을 벗었는
지 묻고 싶었지만 그냥 가만히 등뒤로 할머니의 목소리를 듣기만 했
다. 계절은 겨울에서 초여름으로 바뀌어 있었고 초록잎에 이는 바
람이 시원하였다. 나는 '마지막'이라고 한 이 詩에 대한 부담을 더
는 듯했다.

# 할머니의 수양어머니, 돈암정 집

　할머니의 나들이는 흰 고무신을 깨끗이 닦아 댓돌에 엎어놓는 것으로 시작된다 방 안에는 은은한 동백향이 돌고 고리짝에 개켜놓은 한복이 오랜만에 놓였다

　빗접을 펼쳐놓고 머리를 땋아내리는 할머니의 모습에는 여인의 자태가 남아 있다 동백기름을 발라 반드르르한 머리를 한올까지 뒤로 넘겨 쪽을 지면 곧은 가르마가 영락없는 조선여인이었다 누런 기름종이를 접어 만든 할머니의 빗접에는 올이 촘촘한 참빗과 빠진 머리칼들이 얽혀 있다 머리를 빗은 다음 등뒤로 손을 돌려 방바닥을 스윽 훑어 빗접에 말아두는, 할머니의 신체발부 수지부모는 경전이 아니라 그저 일상이었으니 돌아가실 때까지 머리를 자르지 아니하셨다

　이런 날은 덩달아 나도 신이 나서 세수를 하고 옷을 갈아입었다 할머니는 나를 돌려앉혀놓고 머리를 빗겼는데 말꼬리처럼 검고 긴 머리를 고무줄로 팽팽히 묶을 때면 관자놀이께가 당겨져 정신이 바짝 들곤 했다 할머니의 손길을 벗어난 이후로 나는 사는 게 고단하였지만,

나들이하던 날 할머니의 버선을 잊을 수 없다 한복을 입고 요술처럼 고름을 묶는 손놀림도 신기했지만 양말을 벗은 할머니의 발은 발가락 사이가 조붓하니 붙어 버선을 신으면 날아갈 듯한 쪽배 그대로다 어느날 그 버선을 신어보았더니 얇게 솜을 두어 팡팡해서 한바퀴 춤을 돌아도 좋겠고 어린 발에도 은근히 양볼을 보여주는 것이 싫지 않았다

국민학교 6년 내내 소풍을 따라다녔고 그때마다 할머니를 잃어버려 제때에 점심을 한번도 먹어본 적이 없는 나는 어수룩하고 말수가 적은 아이였는데 오늘 같은 날은 우줄우줄 걸음보가 커졌다 누구랄 것도 없는 자랑이겠지, 동네를 벗어나 삼선교까지만 가도 외출로 알던 그 무렵 일년에 몇번 안되는 할머니와 함께한 나들이는 봄인지 가을인지, 할머니는 이마가 반듯하고 키가 커서 집을 나서면 길이 다 훤하다 했다 걸을 때마다 치마끝을 톡톡 차며 코를 세웠다 놓았다 하는 흰 버선에 흰 고무신이 햇살에 눈부시었다

나를 앞세워 가는 돈암정 집은 할머니의 수양어머니 댁이다 수양어머니가 무슨 뜻인지 모르고 따라가는 돈암정 집에는 눈자위가 검고 왕방울만한, 턱밑에 주먹막한 혹이 축 늘어져 있는 노할머니와 또다른 할머니 둘이 함께 사셨다

우리집에서 뒷길로 도둑골을 따라 주욱 내려가면 그리 멀지 않았는데 아리랑고개 조금 넘어 왼편 골목으로 접어들면 검정에 가까운 두꺼운 대문이 굳게 닫혀 있다 안에다 대고 부른 것 같지도 않은데 빗장 풀리는 소리, 미리 기별이라도 넣은 것처럼 대문이 열린다

대문 지나 중문, 연탄을 쌓아놓은 침침한 공간을 지나면 환하게 마당이 가로놓였다 뒤뜰이 있는 혜화동 옛집보다 살림이 줄어 보였지만 단아한 한옥에 방이 셋, 대청마루를 사이로 방이 두 개 건넌방이 하나다

더 커서 알았지만 노할머니네 장손은 일본으로 유학까지 갔다올 만큼 공부가 많았는데 육이오 때 인민군을 따라 북으로 넘어갔다고, 아무한테도 얘기하지 말라며 엄

마는 은근히 말했으므로 나는 그게 무슨 큰 죄인가보다 하여 더 묻지도 못하고 입을 다물었다 그러니까 노할머니 말고 두 할머니 중 밥상을 차려오는 이가 큰며느님이고 주로 아랫방에서 한복을 짓는 또 한 할머니가 그 따님, 남편과 헤어져 친정으로 온 딸이었다

댓돌에 신발을 벗어놓고 올라가면 나올 때 가지런히 바깥을 향해 놓인 것도 내게는 낯설다 정갈하고 반듯한, 삼형제에 부산스런 우리집과는 달리 가라앉아 엷게 떠 있는 공기를 밟으며 나는 가만가만 발끝을 들었다

문소리에 벌써 쪽문에 붙은 손바닥만한 유리로 밖을 내다보신 모양인지 안방에 들어서면 흰 무명띠로 이마를 묶은 노할머니가 말간 얼굴로 우리를 맞았다 살빛이 깨끗하고 귀가 넓은, 도깨비 이야기에 나올 것 같은 혹부리 할머니가 홑청이 눈같이 흰 요에 앉아 계시었다

집안어른을 보면 할머니는 늘 절을 시키셨다 너부죽이 절을 올리고 무릎을 꿇고 앉아 어른들 하는 이야기를 들어야 했다 쟤가 부전이 딸이냐는 엄마 이름만 남고 아무

것도 생각나지 않지만 무료하고 심심해서 재미없어질 무렵이면 다리가 저려왔다

궁둥이를 이리 났다 저리 났다 하며 밖으로 나가볼 궁리만 하고 있을 때 옷장의 경첩, 내 눈을 파고 날아들 것만 같은 나비 문양의 경첩이 불에 덴 듯 기억나는 걸 보면 나는 어떤 신비로움에 사로잡혔던 듯하다 양쪽 날개를 똑같이 접어 펼친 섬세한 문양의 청동 나비는 환생한 영혼이 되어 금방이라도 뜯겨나와 방 안을 날아다닐 것만 같았다

슬그머니 대청마루로 나오면 갈 데도 볼 것도 없다 그저 마당이 내려다보이는 마루 끝에 서서 벽에 걸린 대소쿠리며 안이 컴컴한 부엌, 하얀 창호지를 발라 문살이 도드라지는 건넌방에 설핏 이운 햇살이 모여들어 집 안은 더없이 고즈넉했다

이제 그 맛을 어디서 찾을까, 삶은 계란을 반으로 잘라 흰자와 노른자에 거무스름하게 간장물이 밴 계란조림과 밥상을 물리고 들여오는 수정과에는 몇알 잣이 떠 있고

계피물 아래 가라앉은 곶감을 건져먹을 때 남는 뒷맛의 여운은 돈암정 집 아니면 볼 수 없는 것들이었다

돈암정 집을 나오면 할머니는 얼마 안 가 큰방에 부처님을 모시는 수양아들네로 향했다 엄마가 외딸인 할머니는 아들을 소원하였는데 그 옛날만 해도 착실한 직장인 은행에 다니다가 무슨 꿈인가 꾼 후로 승복을 입었다 한다 그렇게 두 집을 들렀다 올 때면 어느덧 해가 이울고 내 손에는 작은오빠와 나눠 가지라며 준 반짝반짝한 백 동전이나 지전이 들려 있었다

이런 날은 집으로 돌아와 달게 잠을 잤다 그러나 긴 잠 끝에서 깨어났을 때 돈암정 집도 우리집도 흔적없이 사라졌다 노할머니와 그 며느님과 따님이 살아가는 돈암정 집 물 깊은 이야기는 어디에도 없고 할머니와 그 딸과 또 그 딸이 사는 우리집 모녀 삼대의 삶 같은 것도 없었다 신기루 같은 이야기를 가슴에 품고 살던 어느날 보자기를 끌러보니 거기 폭삭 늙은 나만 앉아 있는 것이다 세상에 다시없는 일들이라고 하였다.

# 門

내 앞에 문이 있다
열리지 않는 건 문이 아니다
문을 열고
들어오거나 나가야 한다
이 문을 어쩔 것인가
밀거나 혹은 당기거나 둘 중 하나가 될 것이다
문에 다가가기 3미터 전 나는
문을 뚫어져라 바라본다
2미터,
1미터,
문 앞이다
잠시 망설인다
이번에도 실수를 되풀이할 수 없으므로
신중을 기해야 한다
밀 것인가 당길 것인가
문의 구조로 봐서 이 문은 당김이다
아니, 밀어야 될 것 같다

문고리를 비틀어 천천히 민다

꽉 다문 입처럼

열리지 않는 문

이 문은 당김이었다

앞뒤 없이 밀봉된 상자처럼

문이 많은 건물에 나는 갇힌다

밤새도록 문 앞에서 쩔쩔맨다

불이 나도 문 앞에서 고민하는 사람

지금까지 내 앞에 버티고 선 많은 문들이

밀거나 혹은 당김이었을 것이고

통과하지 못한 문을

여느라 시간을 전부 써버렸다

지금도 여전히 고민하는

내 앞에, 餘生이라는

문이 있다

어떻게 살 것인가

# 뜨개질하는 소녀

소녀는 오늘 머리를 감았다
갈색으로 물든 머리칼이 파도처럼 일렁인다
마리 로랑생의 소녀처럼 맑고 깨끗한 피부
헐렁한 옷의 주름이 부드럽게 겹친다
소녀는 너무 일찍 이곳에 왔다
시간에 먹혀버린 몸
여기서는 시간이 흐르지 않는다
못물처럼 고여 서서히 잊혀진다는 것을
보여주기라도 하듯
털실이 풀려나간다
한 코 한 코 실을 걸어 뜰 때마다
둥근 실뭉치가 한바퀴 빙글 돈다
1초에 수십만 킬로를 달아나는 빛
머릿속이 하얗게 빈다
한곳에 멈춰버린 시곗바늘
시간을 거꾸로 돌리는 물레와 같이
한없이 풀려나오는 털실은 이제

소녀를 뜨고 소녀의 몸을 칭칭 감는다

단단한 고치가 되도록 빈틈없이 감싼다

얼마동안 시간이 흘렀을까

소녀는 잠이 들었다

가슴을 납작하게 내리누르는 어둠속에서

나뭇잎 쏘는 소리 같기도 하고

벽을 긁어대는 것도 같은, 그 소리는

구멍이 점점 커지더니 이내 병실을 가득 채웠다

막 떨어지는 잠결이었을 것이다

천장을 덮을 듯 펄럭이는 날개, 그건

고치를 뚫고 나온 나비였다

# 吐

지금까지 먹을 것이 밥이 아니라 독이었다면
미움이라는 밥
절망이라는 밥
슬픔이라는 밥
희망이라는 밥, 그 많은
독이 된 밥을 이제야 토하다니,

밤새 토한다
하루
또 하루를 토한다
이제까지 먹은 밥을 다 토했다고 생각했을 때
그 끝에서 다시 토한다

샛노란 위액까지
끌어올리고 끌어올린다
치자꽃물이 짙게 밴 가슴에서
꽃내가 난다

점, 점, 꽃잎 뜬다

지금까지 먹은 밥이 독이었다면
독의 힘에 길들여진
사랑
눈물
고통은
내 일용할 양식

게우고 또 게우는
황홀한 중독은 어지러운 꽃
치사량에 못 미치는 금단의 선을 넘어

이 구토를 멈출 수가 없다

# 빈방

언젠가는 빈방 하나를 갖고 싶다
아무것도 들이지 않은 빈방
거울도
책상도
이불도,
아무것도 없는
빈방에
비로소 몸 하나를 내려놓으리라
방문 밖으로 먼 산이 보이는 곳
뒤꼍으로는 때때로
비바람 지나가 불러주는,
빈방에는 아무도 살지 않고
아무도 오지 않으니
소리 없는 소리로
평생 가득 찼던 귀를 비우리라
내내 무거웠던 가슴을 풀어주리라,
너무 이르거나 늦지 않은 때

빈방 하나를 가져서
말로써 진 빚을 다 갚았을 때
빈방은
비로소 빈방이 될 것이지만, 살면서
비우기가
채우기보다 어려운 것
마음속 빈방
언제나 가득 찼으니
아무것도 들이지 않은 빈방 갖는 날,
언덕에 등 따순 작은 봉분 하나

제4부

# 강변의 아이

태초에 한 아이가 있었다 태초에,
강이 흐르고 하늘이 있고 바람을 따라
한 아이가 뛰어간다

바람의 흰 결을 들추며
뒤우뚱 뒤우뚱 아이의 열 손가락이 허공에 길을 낸다
어디 가 —
구름 밟은 듯 엄마는 자꾸 발을 헛놓는다
빵빵하게 배부른 공기가 아이를 들어올린다
잡힐 듯 말 듯 달아나는
보일 듯 말 듯 사라지는

아슬아슬한 경계에서
꼬리연이 툭, 끊어진다
구름 풀리며 하늘 문득 넓어진다
멀어져가는 꼬리연을 따라가는 울음소리

잔디밭에 넘어진
아이가 운다
바람이 눈물자국을 훔치며
황급히 달아난다
강물,
다시 흐른다

해 떨어지는 저녁 강변을
엄마와 아이가 손잡고 간다

# 찐 계란과 소금


고무신 거꾸로 신던 일곱살 얼굴에 핀
버즘처럼
얼룩덜룩 단풍 드는 가을날이면
하루하루
창문 내다보는 일이
내 일의 전부
그리고
멀리 둔 친구를 그려보는 일


섬진강가 싫다는 처자 이끌고 유배가듯 내려가
출퇴근길 여울지는 물살 바라보며 뜸뜸이 소식 오는,
그해 첫봄 쌍계사 벚꽃 십릿길에
찐 계란 먹다 그만 울컥 목이 메었다지


소금단지로 난분분 떨어지는 벚꽃잎에
그야말로 꽃소금을 찍어먹으며 울고 말았다는,
그 소리에 친구들 가가대소 웃었지만

그후로 알게 되었네 찐 계란에 소금 찍는 이유

짜디짠 소금이 없다면 눈물이라도 있어야 하니까
찝찔한 눈물마저 없으면 가슴에 얹힐 테니까
울지 마라, 사이다 한 고뿌와 같이 먹던 찐 계란과 소금

늘 감기를 달고 살던
얼굴에 흰 버즘이 분꽃처럼 떨어지는 소풍날이면
찐 계란과 같이 먹는 소금
지금 생각하면 그 짜고 그리운 시절

# 茶園에서 차를 마심

    — 오늘은 中年이 많이 보이네요
    — 정말, 오늘이 무슨 날인가, 꼭 토요일 같네
  드가의 한폭 그림처럼 그도 나도 석류나무 그늘 아래
사람들 속을 한자리 차지하고 앉아서
  손끝의 핏줄이 투명하게 비쳐 보일 것만 같은 오후
  유리잔에 부딪는 햇살 구멍 숭숭 난 바람 속을 빠져나
가는 순간이었지
  무언가 휘익 스치며 지나가는 것
  지나갈 때 얼핏 보아버린, 맑고 깊고 어둡고 슬픈, 이
상하게 낯설지 않고 환하며 따스한 것
  눈앞이 울컥 뿌얘지는 것이다
    — 저 나무 좀 봐, 석류네
  표정이 깨끗한 여승 둘이 저 나무 좀 봐, 내 귀엔 듯 속
삭여서
  짜개진 석류알 처음 말 배우는 아이처럼 연붉은 잇몸
을 드러내고 있었는데
    — 아직 더 여물어야 따지

—그냥 두면 어때

　그 말 몰래 엿듣고, 스님 얼마나 있어야 하나요 그림자까지 벗어버리고 나도 따라가고 싶은 걸, 삼재가 나가는 마흔 초입 입구를 몰라 쩔쩔매는 바람이 몸속을 휘돌고 있어요

　집 나와 수년,

　외출에서 돌아와 겉옷 벗을 때 방바닥에 흩어진 머리카락 한올 한올 집어내면은

　눈앞을 뿌옇게 스치며 지나가는 것, 맑고 깊고 어둡고 텅 빈, 어느새 익숙해진 혼자 먹는 밥과 그릇과 TV가

　석류나무 아래 아직도 환한 그늘로 방 안을 밝히는 것이다

　자 한잔에 한생을 다 들여다본 것만 같은 하루가 지나는 것이다

# 영 일 다 방 라이터

　그동안 어디 있었지? 고형렬의 『성에꽃 눈부처』를 읽다가 어느 대목에선지 책을 접고 무심코 담뱃불을 붙이다가 몇번이고 그어대도 불꽃이 일지 않는 라이터, 꼭지가 떨어져나간 영 일 다 방

　차를 나르는 레지가 있고 카운터에는 잠 덜 깬 마담이 턱을 괴던 곳 다방커피는 언제나 달고 진해 어항 속의 열대어가 물풀 사이를 느릿느릿 유영하던,
　새벽 골목을 하릴없이 누비던 인사동 뒷길 뿔뿔이 흩어진 얼굴들 있었지

　불꽃의 시절이었지

# 그림 속으로 들어간 사람

크리넥스 티슈 울트라 크린

1

어느 조촐한 한옥 방문쯤 되겠다
반듯한 문살이 목단꽃 그늘로 환하다
방은 노란 장판이 꽃잎인 양 펼쳐져 있고
이제 막 칠을 끝낸 콩기름 냄새 가득할 것이다

2

빈 화폭을 마주하고 그는 오래 앉아 있다
옆모습이 깎아낸 듯 조용하다
연필을 들어 스케치하기 시작한다

목단꽃은 대여섯 송이가 좋겠다
오른쪽 위로부터 크고 작은 꽃송이를
왼쪽 아래로 흐르듯 넣는 게 안정감 있어 보일 것이다
꽃잎 사이로 나뭇잎도 넣어야겠다
잎맥이 살아 있는 싱싱한 나뭇잎을 뒤로
꽃술이 한껏 보이도록 벌어진 꽃은

향기가 멀리 나갈 것이다

밑그림은 크게크게 덩어리지듯 그린다

구도가 잡혔으면 먹펜으로 그림선을 잡아준다

섬세함을 요하는 작업이다

선이 서툴면 꽃은 시든다

집중해서 먹의 농도가 일정하도록 긋는다

테두리선 넣는 것은 생각보다 시간이 많이 걸린다

물감을 푼다

그림의 분위기로 담채화가 될 것이다

물을 듬뿍 넣어 번지듯 색을 넣는다

그림물감에서 물은 흰색 역할을 한다

묽은 피가 도는 것처럼 흐리고 느린 느낌을 주도록,

목단꽃이 분홍이었나, 찢어질 듯 얇은 꽃잎을 가졌나

그건 아무래도 좋았다

이 꽃은 이름 없는 대신 영원히 피어 있을 것이다

색칠이 끝났으면 군데군데 먹선을 살려준다

끝으로 방 문살을 그려넣는다

흐드러진 꽃송이 사이로 격자무늬 문살은 정갈한 느낌을 줄 것이다

담배 한대 피울 동안 그림이 마른다


3

여기 지극히 부드러운 평화가 있다

어떤 말도 불필요한 곳

풍요와 고요가 영원을 향해 정지해 있을 뿐이다

원하지 않는 한 깨지 않을 꿈의 세계

그는 그림 속으로 걸어들어갔다

그리고 나오지 않았다


가볍게 티슈 한장 톡, 뽑는다

꽃보다 더 향기로운 유혹, 크리넥스 티슈 울트라 크린

# 나뭇잎 얼굴

　나뭇잎이 비바람에 겹겹이 풀린다 비 내릴 때면 나무는 초록 그늘 안쪽으로 얼굴을 만들어 넣었다 여러 장의 나뭇잎이 겹쳐 만드는 얼굴, 비바람에 풀렸다 고일 적마다 다른 얼굴이 되었다 흘러가는 구름에 이름 하나씩 붙여주듯 나뭇잎 얼굴, 그 얼굴에도 이름이 있다 나뭇잎 그늘 깊숙이 숨은 이름을 찾아보면 눈 코 잎 바람에 풀린다 이미 세상에 없거나 떠나버린 것들, 젖은 나무가 새를 품고 있었으니 목이 꺾여라 바라보는 눈 속으로 날아드는 새, 더이상 아무것도 찾아볼 수 없었다

# 소 잡는 날

동네에 정육점이 새로 생겼다
첫牛, 피로 물든 깃발이 펄럭인다
'소 잡는 날'

몽둥이를 들고
돌도끼를 휘두르며
소를 쫓아
우— 우— 초원을 달리는
나뭇잎으로 앞만 가린 크로마뇽인처럼

정육점을 향해 몰려가는 사람들
고함소리에 더 멀리 달아나는 소를 쫓아
골목 안이 떠들썩한,
오늘은 소 잡는 날

맛나고 신선한 고기로
모처럼 벌인 생생한 肉의 잔치

피 묻은 입술을 닦는다
기름진 미소를 흘리며

하늘 깊숙이 꽂힌
붉은 깃발 아래
잠든 사람들
지붕 위에 깃드는
배부른 평화,

늑대가 달을 물고 길게 우는 수만년 전의 밤

# 미리 쓰는 후기

아직 갈 길이 많다고 생각했다. 그 길 위에는 사랑과 희망, 기쁨과 눈물이 한데 녹아들어 生을 완성해가고 있을 터였다. 그러나 어느날 갑자기 내가 걷고 있는 길이 끊어진 다리라는 걸 알았다. 아득한 벼랑과 함께 길도 사라져버렸다.

첫시집 이후로 8년, 달리 할말이 없다. 여기 모은 시들이 그 시간의 전부라는 것 외에는…… 살면서, 시가 곁에 있으므로 행복하였고 척박한 날들 중에서도 시가 있어 견딜 수 있었다. 이제 내게 허락된 시공간을 받아들여야 할 때가 된 것 같다. 미리 써보는 이 후기가 수정되길 바

라면서 두번째 시집은 내 손으로 엮기를 바랐으나, 남은 시간이 그리 많지 않다, 한다

비가 내린다. 아이와 아이아빠가 늦잠에 빠진 아침. 이런 날, 비는 오고 방은 어둑신해 빗소리를 베개 삼아 빠져드는 늦잠이 얼마나 좋은지, 군불을 땐 이불 속으로 점점 파고들어 마음껏 피우는 게으름이 얼마나 행복한지…… 성북동, 옛집이 그립다. 되돌아가고 싶은, 그러나 아무도 없는 곳.

살아, 많은 게 슬펐지만 또한 기쁘고 아름다웠다. 사랑하는 이들이여, 이제는 안녕.

2003년 9월 최영숙

# 내 책상 오른편 두번째 서랍

박홍식


명절을 쇠러 고향에 가고 있을 누구에게인가 '피반령 짓눌리도록 대보름달'이라 문자 보내고 나도 혼자 앉으니, 달이 지붕 위로 내릴 것만 같다. 최영숙은 3년 전 이 무렵, 사경 속에서 저만한 달을 보고 있었으리라. 병이란 병들의 복합적이고 계산적이고 총체적인 공격 앞에 그녀의 가난하고 병약한 달은 그렇게 서서히 가라앉았고, 가라앉아서 저승 가는 길을 스스로 예매해놓고 있었던 것은 아닐까.

　내 앞에, 餘生이라는 / 문이 있다 / 어떻게 살 것인가
(「門」 부분)

심장이 부풀어 올랐군요,/무슨 가슴 벅찬 일이라도 있었는가(「내 안의 나무」 부분)

몸을 빠져나간 바람은 어디로 갔을까(「바람 든 무」 부분)

떠나기 얼마 전, 형광등을 갈아끼우다가 걸상에서 떨어져서는 루프스의 합병증인 골다공증으로 팔뼈가 바스러져서는, 접합이 안되는 구멍 숭숭 뚫린 뼈로 퇴원한 그녀였지만, 더듬거리며 머뭇거리며 또는 그냥 반 울음으로 유언처럼 '내 책상 오른편 두번째 서랍'의 원고에 집착하고 있었다.

어떤 말도 불필요한 곳/풍요와 고요가 영원을 향해 정지해 있을 뿐이다(「그림 속으로 들어간 사람」 부분)

이미 세상에 없거나 떠나버린 것들(「나뭇잎 얼굴」 부분)

치자꽃물이 짙게 밴 가슴에서/꽃내가 난다/점, 점, 꽃잎 뜬다(「吐」 부분)

삶이 뭐 그리 간단한 것만은 아니지만, 시는 뭣 하려 썼고 그토록 애태웠는가? 시인과 시가 푸대접받는 것을 즐기려고 만들어진 것이 가난인가? 저 높고도 귀한 게 '시인'이던가! 시인의 목숨은 몇개나 되는지? 누구에게 도움 달라 손 한번 내밀지도 않은 채 최영숙은 입 꾹 다물고 홀로 갔다.

울지 마라, 사이다 한 고뿌와 같이 먹던 찐 계란과 소금(「찐 계란과 소금」 부분)

언덕에 등 따순 작은 봉분 하나(「빈방」 부분)

우리 중 누가 우물물에 대고 이름을 부르게 될까(「봄을 울다」 부분)

죽음을 기다리는 아픔이 시편마다 켜켜이 쌓여 있으니, 시간은 이미 가을 낙엽과 함께 그녀 눈물로 가득하다. 한 인간, 한 여성으로 어미로서 홀로 떠나가야 한다는 게 얼마나 아프고 아팠을까? 그러나 죽음을 앞둔 그녀의 글은 완곡하면서도 그 반듯함이 이다지 예모(禮貌)답

다. 그러니 그녀가 잘 부르던 슈베르트의 「보리수」를 다 끝난 새벽 가게 앞에서 재청해본다. 불러줄 수 있을까?

반듯한 문살이 목단꽃 그늘로 환하다(「그림 속으로 들어간 사람」 부분)

소금단지로 난분분 떨어지는 벚꽃잎(「찐 계란과 소금」 부분)

그녀가 가장 사랑했던 어머니와 고정희 선생이 거기서 맞았으리라. 아니면 영화 「에이트 빌로우」(Eight Below)의 저 충실한 썰매개들이라도 있어, 끝없는 순백의 설경으로 안내되었기를 바라보지만…… 아무래도 바람은 거세고 술은 한번 더 뜨거워야 하리라.

다음은 조길성 시인의 인사와 떠나기 전 시인이 딸 시윤에게 쓴 장문의 일기 중 일부다.

다시 만나요, 우리 동네 감꽃이 흐드러질 때…… 개울가 콸콸거리며 님이랑 어쩔까 어쩔까 가방 먼저 던져두고 발 동동 구르던 개울 건너……

엄마도 많이 피곤해, 근데 잠이 안 오는 거야. 어떤 식으로든 마음을 정리하지 않고는 잠들기 힘들 것 같아. 병원에 다녀올 때마다 이래. 막막하고 벼랑 끝에 선 것 같지. 시간이 정말 얼마 남지 않았구나. 어느날 단숨에 머리를 잡아채듯 마지막 순간이 오겠지……

朴興植 | 시인

# 가을바람처럼 쓸쓸하고 자유로웠던 여자, 최영숙

방형자

경기도 고양시 일산 동구 사리현동 산143번지. 가을바람 스치는 야트막한 산언덕, 소나무 참나무 그늘 삼아 파란 하늘 마음껏 심호흡하며 아늑하게 나의 벗 최영숙이 자리하고 있다. 한곳에 자리잡고 있는 것이 마땅치 않아 바람처럼 자유롭게 돌아다닌다며 담양 소쇄원 근처에 뿌려달라는 유언을 뒤로하고 그녀를 지금 이 자리에 안치했다. 봄이면 진달래와 밤꽃 향기 코끝이 아린 산자락 양지바른 곳, 앞 개울물 소리와 바람이 함께 산보 나선 들길을 살며시 내려다보고 있다.

살아 있는 동안 몇해, 숨쉬기 힘들어 늘 호흡을 가다듬으며 한 걸음 한 걸음 뗄 때마다 난간을 의지하며 걸었던 그녀. 저세상에서나마 마음껏 돌아다닐 수 있는 자유를 꿈꾸었을까? 언제부터인가 그녀를 향한 바이러스의 공격은 조금씩 조금씩 찬바람 든 무처럼, 색소 빠진 가을 나뭇잎처럼 온몸을 천천히 잠식해왔다. 루프스, 골다공증, 확장성 심근증은 거미줄처럼 그녀를 철저히 옭아맸다. 그녀가 병마에 시달리면서도 온전한 정신으로 지탱할 수 있었던 것은 '문학'이라는 토양에 '시'라는 씨앗을 뿌렸기 때문이다. 아마도 그 씨앗을 뿌리고 키우는 동안 그녀의 몸속에서 바이러스도 공생했을지 모른다. 아이러니하게도 시의 씨앗을 뿌리는 순간 몸속에서는 이미 그 병마들의 씨앗도 함께 자랄 준비를 했을 것이다.

요즘은 새벽 두세시에 전화벨 울리는 일이 별로 없다. 더이상 그녀는 이 세상에 없으므로…… 가끔 새벽에 전화벨이 울려 받아보면 아무 소리가 없다. 한동안 수화기를 들고 있노라면 긴 한숨과 함께 "형자야, 나 너무 힘들어." 힘없는 그녀의 목소리가 수화기 저편에서 힘겹게 들려온다. "그래…… 한잔했구나?" 내가 그녀에게 할 수 있는 유일한 위로의 말이었다. 그래, 그녀는 그런 식으로 자신의 살아 있음을 간간이 확인시켰다. 그녀에게 힘든 것은 몸이 아파서도, 생활이 힘들어서도, 아이 키우는 것이 고단해서도 아니다. 그녀에게 있어 힘든 것은 오로지 하나, 시 쓰는 일이었다. 그 새벽에 전화를 한 이유도 시를 쓰다가 제대로 풀리지 않아 지푸라기라도 잡고 싶은 심정으로 하는 것이다. 그러다가 초고라도 잡히면 들뜬 목소리로 메일 보냈으니 빨리 열어보라며 채근하기도 했다. 그렇게 해서 받은 마지막 작품이 2003년 9월 9일에 쓴 「소 잡는 날」이었다.

동네에 정육점이 새로 생겼다 / 亥牛, 피로 물든 깃발이 펄럭인다 / '소 잡는 날' // 몽둥이를 들고 / 돌도끼를 휘두르며 / 소를 쫓아 / 우 — 우 — 초원을 달리는 / 나뭇잎으로 앞만 가린 크로마뇽인처럼 // (…) 맛나고 신선한 고기로 / 모처럼 벌인 생생한 肉의 잔치 / 피 묻은 입술을 닦는다 / 기름진 미소를 흘리며 (…)

이때 이미 그녀는 죽음의 그림자가 그녀를 향해 무지막지하게 달려옴을 인식하고 있었다. 막다른 길에 몰린 소처럼 더이상 도망칠 곳을 잃어버린 가엾은, 그래서 맛난 고기를 남겨진 사람들에게나마 먹이고 싶은 마음 착한 그녀, 너무도 외롭고 쓸쓸한 그녀, 이제는 모든 굴레에서 벗어나 자유롭기를……

첫시집 『골목 하나를 사이로』(1996)는 그녀가 자란 성북동 집, 의정부 가능동 경민학교 근처 살았을 때, 인사동, 혜화동 거리 들이 산실이라면 이번 유고시집은 결혼 후 보금자리를 튼 광명의 소하리 자경마을, 서울 망원동, 그리고 그녀가 마지막까지 병마와 싸웠던 경기도 부천시 원종동이 그 산실이다. 망원동 시절부터 그녀의 몸은 아마도 천천히 병마와 싸우기 시작한 모양이다. 간간이 기획물을 맡아서 하는 일 이외에 거의 사람도 만나지 않고 살았다. 원종동으로 옮겼을 때 이미 병은 본색을 드러내고 있었다. 병이 깊어질수록 그녀의 시에 대한 열정은 더 깊어만 갔다. 그녀 자신을 구원할 수 있는 길은 오로지 시뿐이라고 생각했기 때문이다.

房亨子

# 허공에 들린 발을 위하여

나희덕

## 죽음, 미완의 검은 돌

3년 전 가을 최영숙 시인이 죽음의 그림자에 쫓기며 정리한 시들과 미리 쓴 후기를 나는, 우리는, 너무 뒤늦게 읽게 되었다. 잘 가라는 이별의 말도, 시집 출간을 축하한다는 말도 건넬 수 없게 된 지금에야. 시인이 정리한 원고의 각 부는 1996년 가을부터 세상을 떠나기 직전까지 쓴 작품이 시기순으로 배열되어 있고, 시제목 앞에는 번호가 매겨져 있다. 유독 마지막 세 편의 제목에만 시를 쓴 날짜가 적혀 있다. 그리고 마지막 45라는 숫자 옆에는 제목 대신 어떤 '허공'이 자리잡고 있다. 그녀가 숨을 거

116

둔 것이 10월 말이었으니, 죽음이 임박한 순간까지 시를 붙안고 몸부림쳤을 모습이 눈에 선하다.

목차를 훑어내려가던 내 손가락이 "36. 검은 돌(완성을 못해 작품이 없음)"에서 잠시 멈춘다. 그녀는 마지막 순간까지 「검은 돌」이라는 시를 완성해 자신의 묘비석이라도 삼으려 했던 것일까. 그러나 이 죽음의 상징은 끝내 지상의 언어에 의해 탕진되지 않은 채 남겨졌다. 아니, 이 유고시집이야말로 시인의 고통을 머금은 '검은 돌'인지 모른다.

동네에 정육점이 새로 생겼다

亥牛, 피로 물든 깃발이 펄럭인다

'소 잡는 날'

몽둥이를 들고

돌도끼를 휘두르며
소를 쫓아
우— 우— 초원을 달리는
나뭇잎으로 앞만 가린 크로마뇽인처럼

정육점을 향해 몰려가는 사람들
고함소리에 더 멀리 달아나는 소를 쫓아
골목 안이 떠들썩한,
오늘은 소 잡는 날

맛나고 신선한 고기로
모처럼 벌인 생생한 肉의 잔치
피 묻은 입술을 닦는다
기름진 미소를 흘리며

하늘 깊숙이 꽂힌
붉은 깃발 아래
잠든 사람들
지붕 위에 깃드는
배부른 평화,

늦대가 달을 물고 길게 우는 수만년 전의 밤

—「소 잡는 날」 전문

이 시는 최영숙의 마지막 작품으로, 수시로 찾아드는 죽음의 예감을 카니발적 환상으로 보여준다. 딜런 토머스가 맥박소리를 무덤을 파는 삽질소리에 비유했다면, 피가 돌지 않는 통증에 수시로 시달렸던 그녀에게 불규칙하게 울컥거리는 맥박 소리는 자신의 피를 요구하며 쫓아오는 죽음의 발걸음 소리로 들렸던 모양이다. 그런 공포 속에서도 시인은 오히려 "맛나고 신선한 고기로／모처럼 벌인 생생한 肉의 잔치"를 보여준다. 가축의 도살, 음주와 포식, 시간과 공간을 넘나드는 행위 등은 카니발의 전형적인 특징으로, 여기서 피는 포도주가 되고, 격전은 식사로, 현대도시의 골목은 크로마뇽인의 초원으로 일순간 바뀐다. 라블레의 소설에서 가축을 도살한 뒤 축제가 벌어지고 마침내 가르강뛰아가 태어난 것처럼, 이 시에서도 도살의 공포는 곧 "잠든 사람들／지붕 위에 깃드는／배부른 평화"로 변이된다. 그 포만한 잠 속에서 세상은 "늑대가 달을 물고 길게 우는 수만년 전의 밤"으로 되돌아간다. 이처럼 죽음을 '肉의 잔치'로 그리는 것은 그만큼 그녀가 지녔던 삶의 무게와 억압이 컸다는 사실을 반증해준다. 또한 바흐찐이 지적했듯이 카니발의 파괴적 충동은 재생에의 욕망과 관련되어 있다.

임종에 임박해 씌어진 시들뿐 아니라 이 시집 전체가 허공에 들린 영혼의 기록이라고 부를 만큼 죽음과 관련된 시편들이 많다. 물론 첫시집 『골목 하나를 사이로』 (1996)에도 어머니의 죽음을 다룬 「모래의 집」 「어머니」, 고정희 시인과 김남주 시인을 그린 「언약의 궤」 「이별」 「흐르는 나무」 등 고인에게 바쳐진 시들이 적지 않았다. "아, 눕고 싶어라 / (…) 직립의 지친 다리 누이고 / 당신과 나란히 마주보는 / 땅 갖고 싶어라"(「흐르는 나무」)는 자신마저 지상의 삶을 내려놓고 싶어하는 갈망의 표현이다.

그런데 이번 시집에 오면 죽음이 막연한 동경이나 예감의 대상을 넘어 한결 뚜렷한 실체를 지니고 나타난다. 뜨겁고 강렬한 빛이 존재의 그림자를 한층 선명하게 하듯이, 질병이나 시간과의 싸움은 역설적으로 생의 의지를 더 강렬하게 만들어주었던 것 같다. 그리하여 최영숙은 삶과 죽음의 문턱을 드나들며 두 세계 사이에 피가 도는 길 하나를 시로써 간신히 열어놓았다. 그 길을 되짚어 걸어가는 동안 우리는 삶이 죽음에 의해 양육되고 죽음 또한 삶에 의해 양육되는 모습을 지켜보게 될 것이다. 도처에 박혀 있는 죽음의 징후와 절망의 페이지 사이에 도

란거리는 생활의 훈기와 생기에 주목하는 것도 그런 이유에서다.


## 일상, 바구니 속의 계란

첫시집이 독신자의 정갈한 내면을 주조로 한 것에 비해, 이번 시집에는 결혼 후 자경마을에 정착하고 아기를 낳아 키우는 일상이 자연스럽게 그려져 있어서 삶의 질감이 한결 풍부해진 느낌이다. "自耕마을, 이름도 아름다운 이 작은 마을"에서 그녀는 "이곳에 오길 잘했다고 생각"(「96년 10월 자경마을의 저녁」)하며 산책을 나가거나 이웃들과 이야기를 나눈다. 이처럼 좁고 폐쇄적인 '방'에서 '집'과 '마을'로의 이동은 단순히 시적 배경이 변화한 것에 그치지 않는다. 시인은 이제 연민어린 시선으로 동네 사람들의 삶을 보여주기도 하고, 능청과 수다를 통해 자신의 일상을 천연덕스럽게 늘어놓기도 한다. 산문적 어조와 호흡이 두드러진 것도 이러한 관계의 소통이나 확장과 연관되어 있다.

나는 구보씨가 아니다 아침 선잠에 빠져 있을 때

무의식의 허공에서 일상의 바닥으로 서서히 나를 끌어내리는 것은

파리다 한두 마리도 아닌 시골파리의 끈질김이란, 그럴 때마다

뒤척이는 내 몸은 비대한 산 난지도의 뭉툭한 매립지가 떠올라

그래도 썩은 몸 위로 초록의 풀들이 돋고 꽃은 피더라만,

무력감으로 하루는 시작되고 나는 구보씨가 아니지만

소설 속의 구보씨를 이해할 수 있다 어차피 인생은 비슷한 것

아침마다 주부프로에 나오는 똑같은 얼굴을 대하며

인생이 달라질 것이라고 생각하는 건 오산이다 생에 대한

부질없음이 일일드라마의 대사를 따라가지 못하고,

나의 하루가 파리로 시끄럽다면 세상은 자고 깨면

아이 엠 에프다 결코 유쾌하지 않은 점수다 그러나

늦은 아침 겸 점심 메뉴로 틀어놓은 저 티브이 화면 속의

아이들은 누구의 책임인가 버려지는 아이와 쫓겨나

는 어른이

한데 운다 입 안의 밥알이 죄로다, 한다 그런데 오늘
아침

집 안은 왜 이리 조용한 걸까 마당가 권태로운 개밥
그릇 속으로

다닥다닥한 파리들의 윤무만이,

거기 누구 없소? 들여다본다.

　　　　　　　　　　　　　　　　—「구보씨의 一日」 부분

　소설 속의 구보씨가 현란한 도시의 고현학(考現學)에
몰두했다면, 이 시의 화자로 하여금 "집요함과 끈적거림
으로 마침내 몸을 일으키게 하는" 대상은 극성스러운 시
골파리들이다. "파리 꽁무니를 좇아 이리저리 두리번거"
리는 쉰내나는 삶에 대하여 화자는 김수영의 어법을 빌
려 이렇게 탄식한다. "나는 얼마만큼 작은 것이냐／파리
야 하늘아 나는 얼마큼 작아／너에게 나를 걸어 이렇게
사소해지는 것이냐". 파리로 시작되는 사소한 일상에서
거듭 확인하게 되는 것은 인간의 삶 역시 파리 목숨과 다
를 바 없다는 깨달음이다. 그러나 이 씁쓸한 탄식에는
"썩은 몸 위로 초록의 풀들이 돋고 꽃은 피더라"라는 낙

관이 깃들어 있다.

> 나는 치밀한 탈옥수
> 냉정을 가장하네
> 뒷덜미를 끄는 햇살, 파도를 밀고 나가면 어디가
> 될까
> 갈대방석 위에 양팔 벌리고 누워 두웅 ―둥
> 나 누더기 되어 난바다로 떠내려가네
> 파란 하늘 파아란 구름 힘껏 들이마시며
> 뱃속의 아이에게 들릴 만큼 놀랄 만큼
> 소리질러야지
> "계란 사시오, 계란 사시오오 ―"
>
> ―「바구니 속의 계란」 부분

시적 화자는 "임신 육개월의 배를 끌어안고서" 일상으로부터의 탈출을 꿈꾼다. 이런 엄마 마음을 아는지 '뱃속의 태아가 나가자고 툭툭 발을 차고 가을햇살이 자꾸만 뒷덜미를 잡아끈다'. 그래서 못 이기는 척 대문 밖을 나서며 뱃속의 아이가 놀랄 만큼 "계란 사시오, 계란 사시오오 ―" 소리를 질러본다. 이때 계란은 부화와 탄생을 상징하지만, 한편으로는 손에서 미끄러지는 순간 깨지기 쉬운 일상의 평화를 환기한다. "바구니 속의 계란 삼십개 / 고이 들고 온 이것이 인생의 황금기였나"라는 질문에도 연민과 자조의 목소리가 뒤섞여 있음을 보게 된다.

그리하여 이 아슬아슬한 일상의 평화는 끊임없이 출분의 충동과 죽음의 예감으로부터 침범당한다. 스스로를 '바람의 자식' 또는 '허공의 딸'이라고 일컫는 그녀는 언제부턴가 죽음을 삶보다 자연스러운 상태로, 나아가 삶의 완성태로 여기게 된다. 바람 든 무를 보면서 "속이 텅 빈 무의 생은 얼마나 가벼울 것인가 (…) 이제 무는 아무 것도 아닌 무가 되었다 생을 완성하였다"(「바람 든 무」)고 말하는가 하면, 여름날 저수지에서 잡아 고무다라이에 넣어놓은 물고기들이 차례로 죽는 모습을 향해 "비로소 그들이 본래의 몸으로 돌아가는 중"(「열대야」)이라고 노래한다. 그녀에게 '죽음'은 몸의 물기를 바람에게 다 내주고 '아무것도 아닌 무(無)'가 되는 일이며, 또는 열대야 같은 세상, 그 "빈 다라이 속의 검은 하늘 끈끈한 방바닥"(같은 시)에서 벗어나는 일에 다름아니다. 심지어 분식집에서 김밥을 먹는 동안 주인여자가 만두를 빚는 모습을 바라보다가 "나의 오랜 出이 여기서 끝나주었으면" 하는 바람과 함께 "가리라, 저 화엄의 거리로 지금 난 잘 익어가는 중이니"(「옛날 손만두집」)라고 중얼거리고 있지 않은가. 이처럼 삶이 근본적으로 죽음을 향해 있다는 인식은 불현듯 일상의 평범한 순간이나 대상을 아득히 먼 시공간으로 이끌고 간다.

잠든 아이의 배꼽을 보면서도 시인은 어머니와 살던 옛집을 떠올리며 여성의 혈통에 흐르는 슬픈 유전을 떠올린다. "그러나 아이야, 이 엄마를 닮지 마라, 엄마는 바람의 자식 허공에 들린 발을 내려놓지 못하지"(「잠든 아이의 배꼽을 보면」)라는 구절은, 허공에 들린 삶을 아이만은 반복하지 않기를 바라는 마음을 담고 있다.

이처럼 최영숙의 시에서 남성이 거의 부재하고 '할머니-어머니-나-딸'로 이어지는 모성의 계보가 두드러진 것은 주목할 만한 현상이다. 아버지를 일찍 여의고 늦은 결혼을 했다는 사실 등을 통해 그 이유를 짐작해볼 뿐이지만, 최영숙은 자신의 고통이 '여성'이라는 조건에서 유래한다고 여기는 동시에 구원의 가능성 또한 '우주의 자궁'(「동거」)에서 찾으려 했다.

## 질병, 치명적인 너무나 치명적인

최영숙 시인이 몸과 마음의 균형을 급속도로 잃어버린 것은 어머니와 시의 스승인 고정희 시인을 연이어 떠나보낸 무렵이었던 듯하다. "허허벌판 나무에도 돌에도 기댈 곳 없어 혼자 몸으로 삼남매의 바람을 막아주던 내 아픈 모태 육십 생애"(「모래의 집」), 어머니는 그녀에게 유일한 울타리였다. 그러나 황사바람이 그 바람벽을 허물고 모래를 쌓기 시작했고, 이후로 그녀의 삶은 모래의 '봉분' 속에 갇혀버렸다. 그런가 하면 스승을 잃고 "두 팔을 저어보아도∥한겹 걸칠 바람조차 없네∥눈을 떠보니 내 몸에∥가랑잎 한 장 덮여 있어"(「이별」)라고 탄식하는 대목은 깊은 고립감을 짐작케 한다. 이런 상실의식은 결국 그녀에게까지 질병의 고통을 안겨 주었다. 「入院記」에서 "초가을 어느날 심심한 병이 찾아왔다"라고 말하던 시인의 병세는 급속도로 악화되어 나중에는 "입구는 있으나 출구는 없"(「응급실의 밤」)는 지경에 이르게 된다. 그녀를 괴롭힌 가장 치명적인 병은 루프스였다.

여자의 자궁이 연상되는,

127

— 루프스는 자가면역질환으로 전신성 홍반성 낭창
이라고도 한다 루프스와 같은 자가면역질환은 바이러
스, 세균 등의 항원에 대하여 항체를 만드는 면역체계
가 무너진 것을 말한다 외부의 침입자인 항원과 자기
자신을 구별하는 능력을 잃어버리고 자기자신에 대한
항체를 만드는 것이다 자기항체라 불리는 이것은 자기
자신의 항원과 작용하여 면역복합체를 형성하는데 이
면역복합체는 조직에 축적되어 염증, 조직손상, 통증
을 유발한다 피부, 관절, 혈액과 신장 등 각 기관과 조
직에 만성적인 염증을 일으키며 때론 치명적이 될 수
도 있다 이 병의 원인은 확실하게 밝혀진 바 없다 대다
수가 여자이며 그 이유와 증상의 주기적인 변화에 대
해서는 아직 명확한 설명이 불가능하다

　　설명이 안되는 이 병을 이해하고 받아들이는 데 7년
이 걸렸다 언제 당겨질지 모르는, 관자놀이를 향해 장
전된 총구 치명적인 너무나 치명적인, 그 한 발

　　　　　　　　　　　　—「치명적인 너무나 치명적인」 전문

루프스는 면역체계에 이상이 생김으로써 몸에서 만들

어진 항체가 외부의 항원이 아니라 자기 몸의 세포를 공격하는 질병이다. 그런데 자신의 세포를 외부의 침입자처럼 적대시하는 몸의 증상은 그녀의 내면적 고통과 사뭇 닮아 있다. 카프카가 말년에 "폐 속의 질병은 내 정신적 질병이 넘쳐흐른 것에 불과하"다고 말한 것처럼, 최영숙의 시를 읽으면 그녀가 힘겹게 싸워야 했던 수많은 적들이 실은 내면에서 길러진 것이라는 생각이 든다. 병든 사람이 자신의 질병을 닮아가는 경우나 사람의 기질이 그와 유사한 질병을 불러오는 경우를 떠올려보면, 그녀의 근본적인 질병은 너무 여리고 비관적인 영혼을 지녔다는 데 있었던 것 같다. 또한 병의 원인이나 증상, 주기적인 변화에 대해 확실하게 밝혀진 바 없고 이 병을 앓는 대다수가 여자라는 사실은 루프스를 여성의 삶에 대한 은유로 이해하게 만든다. 더위와 습기 모두에 약하고 햇빛에 노출되어서도 안되는 루프스 환자들의 고통은 수많은 금기 속에 타자적 존재로 살아온 여성의 고통을 연상시킨다.

그러나 쑤전 쏜택은 특정한 감정이나 기질이 특정한 질병을 일으킨다는 심리학적 설명을 단호하게 부정했다. 쏜택은 결핵으로 아버지를, 폐암으로 어머니를 잃었고, 자신 역시 유방암과 자궁암에 시달려야 했지만, 질병은

단지 질병일 뿐이라고 선언했다. 그리고 질병을 극복하기 위해서는 먼저 그 질병들에 덮어씌운 은유를 걷어내고 질병 자체를 직시하라고 충고한다. "일단 사형선고를 받고 나면, 당신은 태양도 죽음도 똑바로 쳐다보지 않으려 할 겁니다. 당신의 마음은 슬픔으로 가득 차지요. 그러나 당신의 마음속에는 끊임없이 강해지고 깊어지는 뭔가가 있습니다. 우리는 그걸 생명이라고 부른답니다." (『은유로서의 질병』) 이 여전사는 실제로 두 차례나 암과 맞서 싸워 그것을 극복했다.

하지만 이런 희망의 메씨지가 모든 사람에게 힘을 발휘하는 것은 아니며, 모든 예술가가 병적인 자기암시로부터 자유로운 것은 아니다. 그것이 나약한 자기최면이든 절망에 대한 탐닉이든, 마음에 범람하는 '슬픔'이 '강해지고 깊어지는 뭔가'를 압도해버리는 경우가 적지 않다. 최영숙 역시 루프스와 함께 찾아온 수많은 질병들, 정확한 병명도 병인도 알 수 없는 그 불청객들 앞에서 의연할 수만은 없었으리라. 그럼에도 불구하고 그녀는 자신의 병을 신비화함으로써 낭만적 비극의 주인공이 되는 것을 담담하게 거절했다. "언제 당겨질지 모르는, 관자놀이를 향해 장전된 총구 치명적인 너무나 치명적인, 그 한발"의 공포가 결국 그녀를 관통하고 말았지만, 그녀는 질병을 통해 자신의 운명을 받아들이려고 노력했다. "설명이 안되는 이 병을 이해하고 받아들이는 데 7년이 걸렸다"는 말은 "어쩌다 잘못 든 길도 길이어서 / 여기까지가 길의 전부가 된"(「말벌의 시간」) 것을 인정하는 데 걸린 시간이기도 했다.


## 여생, 저편의 옛집

고인이 병세의 심각성을 알게 된 것은 2000년 무렵이었다고 한다. 삼년 혹은 오년 정도의 시간밖에 남아 있지 않다는 선고를 받고 그녀는 자신이 통과해온 수많은 문들을 떠올려보았을 것이다. 그리고 '餘生'이라는 마지막 문 앞에 서 있는 자신을 발견했을 것이다. 마치 그 문 하나를 열기 위해 길지 않은 자신의 삶과 고통이 존재했던 것처럼 "밤새도록 문 앞에서 쩔쩔 맨다"(「門」). 이제 문제는 남은 시간을 '어떻게 살(견딜) 것인가'에 있다. 남은 생이란 "정거장 옆 낡은 공중전화"에 남겨진 60원처럼 "통화는 할 수 있으나 반환되지 않는 돈"(「비망록 2」)과도 같은 것이어서, 그녀는 이렇게 묻는다.

통과하지 못한 문을
여느라 시간을 전부 써버렸다
지금도 여전히 고민하는
내 앞에, 餘生이라는
문이 있다
어떻게 살 것인가

—「門」부분


저 우연한 단돈 60원이
생의 비밀이라면
이미 써버린 지난 세월 속에서
무엇과 소통하고 무엇이 남아
앞으로 남은 시간을 건디게 할 것인가

—「비망록 2」부분


　시집 후반부에서 '여생'의 의미는 여러가지 비유로 변
주되는데, 예컨대 땅에 떨어진 살구를 주우면서 시인은
이렇게 말한다. "살구는 자기가 살구인 줄 모를 거야 / 그
렇지 않다면 저렇게 지천으로 땅에 떨어질까". 땅에 떨어
진 살구가 "후두두 떨어진 내 마음의 살점"이라고 생각
하며 살구가 구르다 멈춘 자리에서 "마음의 진신사리"를

본다. 그 시를 쓸 무렵, 적어도 "익은 건 떨어져도 안 익은 건 가지를 꼬옥 잡고 있는다"(「살구를 주우며」)고 쓸 무렵만 해도, 그녀는 생의 가지가 그토록 쉽게 자신의 육체를 내동댕이칠 줄 몰랐을 것이다. 살구가 자기가 살구인 줄 모르듯이, 모르면서 자신의 삶을 익혀가듯이, 그녀는 생의 한 가지를 꼬옥 붙들고 있었을 것이다. 하지만 그녀에게 허락된 '여생'은 그리 길지 않았다.

N. 엘리아스는 "죽음은 숨겨야 할 어떤 비밀도 가지지 않을뿐더러 그를 향한 문도 열어 보이지 않는다. 다만 열어야 할 문이 없다"(『죽어가는 자의 고독』)고 말했지만, 그 문은 다만 이 세상에 남겨진 자들에게 닫혀 있을 뿐이다. 여생이라는 문밖에는 어쩌면 생전에 그리던 '옛집'이 기다리고 있지 않을까. 최영숙의 시에서 '옛집'은 "폭력과 광기 눈물과 아우성 그날 산산이 깨진 우리집"(「비망록」)의 이미지로 등장하기도 하지만, 긴 이야기시 「할머니의 수양어머니, 돈암정 집」에서처럼 고즈넉하고 환상적인 이미지로 그려지기도 한다. 그녀가 저승의 터전으로 허공에 그렸던 집은 "어느 조촐한 한옥의 방문"에 "반듯한 문살이 목단꽃 그늘로 환하"고 "방은 노란 장판이 꽃잎인 양 펼쳐져 있고 / 이제 막 칠을 끝낸 콩기름 냄새 가득"(「그림 속으로 들어간 사람」)한 집이었다. "한번 날아가

133

면 다시는 돌아오지 않는 물의 저쪽"을 향해 "가슴속 새
를 풀어주"며(「비망록」) 그녀는 걸어들어갔으리라. 방문
에 목단꽃을 그려넣으면서 "이 꽃은 이름 없는 대신 영원
히 피어 있을 것이다"(「그림 속으로 들어간 사람」)라고 스스
로 축복했던 것처럼, 우리 역시 그녀의 멀어져간 뒷모습
을 향해 두 손을 모으고 그 기원을 읊조릴 수밖에 없다.

　"나는 오래도록 집으로 돌아가지 못하는 사람 / 허공
에 들린 발을 내려놓지 못하네"(「오래된 저녁」)라고 노래
하던 시인이여! 다리가 너무 많아 근심이 많던 벌레들도
모두 돌아가 문을 닫았으니, 이제 그대가 그리던 '옛집'
에 두 발을 내려놓으시라.


　　　여기 지극히 부드러운 평화가 있다
　　　어떤 말도 불필요한 곳
　　　풍요와 고요가 영원을 향해 정지해 있을 뿐이다
　　　원하지 않는 한 깨지 않을 꿈의 세계
　　　그는 그림 속으로 걸어들어갔다
　　　그리고 나오지 않았다
　　　　　　　　　　　　　—「그림 속으로 들어간 사람」 부분


羅喜德 │ 시인


134

# 연보

**1960년** 2월 28일(음) 서울 성북구 성북동 170-36번지에서 아버지 최준명과 어머니 이부전 사이에 2남 1녀 중 막내로 태어남.

**1983년** 23세 숭의여자전문대학 응용미술학과 졸업. 재학시 학보사에서 일하며 몇편의 꽁뜨 등을 발표함. 졸업 후 1995년(35세)까지 잡지사 『수정』『소년경향』『자녀교육』『식품과 건강』『월간 요리』 등과 삼양사 홍보실에서 근무.

**1989년** 29세 한국문학예술학교(현 한국문학학교) 수료. 이 학교에서 이시영 정회성 송기원 김남주 고정희 등의 시인을 만나 본격적으로 문학공부를 함.

**1991년** 31세 『민족과 문학』 제1회 문학대상 시부문으로 등단하면서 작품활동을 시작. 이해 6월 어머니와, 정신적 지주 고정희 시인이 4일 간격으로 세상을 등짐.

**1993년** 33세 오랫동안 살아온 성북동 집을 떠나 의정부로 이사.

**1995년** 35세 12월 산문집 『지금부터 당신을 그대라 부르겠습니다』 (도서출판 글담) 간행.

**1996년** 36세 6월 첫시집 『골목 하나를 사이로』(창작과비평사)를 간행하고 7월 남편 이상만과 결혼해 경기도 광명시 소하리 자경마을에 생활의 터전을 꾸림.

**1998년** 38세 2월 딸 시윤을 낳음.

**1999년** 39세 월간 『대학문화』에 근무, 서울 망원동에 거주.

**2001년** 41세 지병인 심장병에 더해 루프스 진단을 받고 투병 시작. 거주지를 경기도 부천시 원종동으로 옮김.

**2003년** 43세 10월 29일 서울 아산병원에서 확장성 심근증으로 타계.

이상만 작성 · 방형자 보완

창비시선 269

모든 여자의 이름은

초판 1쇄 발행/2006년 10월 29일

지은이/최영숙
펴낸이/고세현
책임편집/박신규
펴낸곳/(주)창비
등록/1986년 8월 5일 제85호
주소/413-756 경기도 파주시 교하읍 문발리 513-11
전화/031-955-3333
팩시밀리/영업 031-955-3399 · 편집 031-955-3400
홈페이지/www.changbi.com
전자우편/literat@changbi.com

ⓒ 이상만 2006
ISBN 89-364-2269-3  03810